U0141275

有時幸，

有時傷

有時幸，

有時傷

有時幸，有時傷

張西——著

suncolor 三采文化

C o n t e n t s

輯二

畢業旅行

輯三

普通失去

輯四

從前是嫩綠色的——

〈特別收錄〉

極短篇

自序

能夠如常，是一種能力

夏末的某一天，我停在公車站排隊等車，有一臺不是我要搭的公車停在我前面，我從車子大大的玻璃窗戶中看見自己，和身旁穿著高中制服的少女。

粗糙的皮膚，不再纖細的身材，找不到的下顎線，逐漸冒出的眼袋……我是怎麼從那樣變成這樣的。我用餘光偷瞄了一眼少女，她就算面無表情、嘴角有著青春痘，也好漂亮。我變得醜陋、有了老態，我站在少女身邊，卻離她越來越遠。而我還說不出口，那種成熟大人會說的，我愛著我的傷。

結束求學階段、步入社會後，身邊的朋友逐一尋伴成家或持操自己的事業，我沒有走入婚姻、生子，但碰上了死亡、負債和疾病，隨著歲月漸增，我仍來到了以為或曾經害怕自己會錯過的、三十後的成人世界。

這本書寫我的三十、三十一歲，以三十一歲的生日為分野，一年間生活出現數個劇變，以及劇變前、我還在英國留學的單純日子，書稿讀起來已經是兩張臉。有朋友讀了幾篇後說，沒想到妳敢寫下這些。我倒沒有這樣想過。我好像是不得不寫，夜深人靜的夜晚，若不提筆，可能就會失去面向明天的動力；當意念難免被現實侵蝕，我也無法時時強大，在最脆弱的時候，書寫成了我保護自己生命的方式。

我邊寫邊編排章節，刻意地讓故事頭尾相連，整本看完後，可以回到開頭再看一次，又會是不同的感覺；非常喜歡總編輯微宣的巧思，把後半在英國的篇次以負數作為倒數，儘管那些日子裡我並不知道自己在倒數，但當閱讀時看到篇次逐漸走向零，總有驚心動魄、不知道該不該讀下一篇的感覺。可是命運還是來了，就像我們難以拒絕明天。於是在無解又想要再多活一天的矛盾裡，有了《有時幸，有時傷》。

起初團隊討論著，要不要換成「有時傷，有時幸」，讓幸福有延續的感覺。我原本也覺得還不錯，但反覆翻看書稿後覺得，這次可能不是要這麼溫暖的收尾，因為直面了很多傷，以往的溫暖是為了安慰自己，但這一年當靠近過去會有的結論似乎也無法感覺到被安慰。有時幸，有時傷，傷在後面讓我有一種認清，有時候它可能就是結果，不會繞回幸福這件事；其中的困痛也不是被什麼強大的意志力克服，而是發現自己能夠承受更多苦澀而無解的事物。

這一次書裡有的不是多年的從前、虛構故事或是繁瑣的日常省思，也並未如往常總先在社群上分享自己發生了什麼，我想直接以一本書的重量來寫，失去和失去後的生活。這正是出版品對於我的意義，寫者透過整理文字來整理思緒，這些過程所耗費的心力與所摸清的自己，遠超過一篇篇社群上的小貼文。

除此之外，並未先公開揭露的另一個原因，是事情接二連三，我找不到時間靜下心、讓情緒沉澱，在這樣的狀況下，我不想唐突地以社群或任何的公開頁面作為低潮的發洩，我知道會有溫暖蜂擁而至，但這些日子裡我更需要的，是靜心沉澱。光是想到我可能會讓人傷心，我就也感到傷心，在還沒準備好負擔這些情緒以前，我決定尊重自己的脆弱，把故事放在書中先於社群。

這一年的感謝尤其多，請讓我花一些篇幅——

謝謝我的家人，我的父親母親、三個妹妹們、大姑姑、小姑姑、乾爹乾媽，謝謝總是第一時間對我伸出援手和關心的朋友們；謝謝有著高度默契和信任的出版團隊，育珊、微宣、新同學羽沛，也要再一次謝謝三采的大天使劉總與雅青，謝謝三采出版社的美編、物流、業務，謝謝各書店網路與實體通路的夥伴，謝謝每一個將我的書擺放到書架上的人們。

也萬分感謝這一年和我接洽的窗口們、提出各種有趣邀約的單位，人們也許只是在自己的工作崗位上做著該做的事，但這些連結在每一次走出房門、去見每一個人時，都讓我體會到人生沒有谷底，也沒有巔峰，只有不能再承受了，或是可以繼續承受下去。我一次次體會到，讓我變得特別的從來不是名利，是生活；讓我變得普通的亦不是名利，是生活。

以及，謝謝我的讀者們，謝謝你們支持著我，無論是書籍或是周邊商品，或只是社群貼文下時不時出現的小小留言。能夠如常地和你們交流，知道說出口的、寫出來的都有人珍視是奢侈的幸運，謝謝你們讓我意識到，能夠如常，亦是一種能力，而我想持續擁有、鍛鍊這個能力。

也想謝謝我在英國唸書時的室友阿可，那一年半若沒有她，留學生活便不會這麼剔透明亮，後來每每想起的都是和她一起散步在小鎮裡的時光，就算我們活得再平凡，在死亡面前，這都是一種生命的美好揮霍。謝謝我的貓咪暮暮，在台灣辛苦地等了我一年半，那麼可愛又那麼勇敢，無法定錨的時刻裡，還好有他陪我。另外，想謝謝今年替我看診治療過的每個醫師，和從旁協助的護理師、個案管理師、營養師、復健醫師，在未知的恐懼中，謝謝有這麼多伸向我的手。最後特別感謝我的好朋友盈青，除了全力支持我的周邊商品，在我決定要寫下這些時她告訴我：「謝謝妳願意寫，讓這些事情不是單純的不幸。」

公車大大玻璃窗中的自己，那些可見的外在的變化，尚需時間的適應和治癒，而謝謝我是一個寫者，能以書寫抵達難以被一眼看穿的心裡的傷。

我想我還是期待的，儘管這些失去將會一生跟著我，我仍期待能去見想見的人、去遇見要遇見的事，相信有一天，無論是把這些活過的稱為日子或是命運，我都情願甘心。

張西二〇二四夏末

輯一

無名傍晚的落暮餘暉

也許這些在平常的日子並沒有特別的意義，
但是在失去的日子裡，
賦予意義的過程一一安慰了我們自己。

00 / 夢

我開始重複做同一種夢，夢裡我的貓總會不見。不小心跑出門、竄去陽台、跳上隔壁棟的屋頂，每一次我都找不到他，每一次我都紅著眼睛醒來，然後發現他就熱呼呼地在我的腳邊。我會坐起身抱抱他，同時看見天還沒亮。他有時候不會動，應該是睡得很熟，有時候則會吸吸鼻子，像在確認我的氣味。

這種夢大概一、兩天會出現一次，已經長達快要一個月。

當我在命運裡節節敗退，夢境和現實都讓人恐慌。

01 / 三十一歲來臨之前

室友阿可有一陣子幾乎天天都在看各種湯圓的相關影片，可愛的動物湯圓、怎麼製作，接著她約了幾個共同朋友來我們小小的共享廚房吃麻辣鍋和甜湯，不到十度的英國，簡直完美組合。

那天晚餐後，我聽見廚房傳來鍋碗相碰的聲音，一打開門，就看見她在搓湯圓。要不要我也一起幫忙，我說。好哇，她露出我最喜歡的清爽笑容。接著我們對坐在小廚房的雙人座位上，對比外頭的氣溫，房裡暖氣洋溢。

為什麼妳會想做湯圓呀，我邊搓著麵團邊閒聊地問。我看到有人說，這週是華人的農曆新年，今天是除夕呀，妳一個人在外地，一定很想家。哇，我驚呼地說著，對，昨天還跟我的乾媽視訊，她拿到我給的紅包了，不過電話沒有講很久，她說等我回台灣再聊，看到大家都在阿公家裡，真的讓我很想念台灣的年節，謝謝妳哪。所以我想說約一些朋友，人多一點一起吃，應該會比較像過年，她說。唔，我眨了眨眼睛看著她，真的謝謝妳的貼心，這句話我說了好幾次，不知道該如何用英文再更精準表達我感覺到的暖意。

那晚麵團還剩一些，隔天吃完麻辣鍋後，我提議炸湯圓，來自不同國家的朋友都說沒吃過，我上網查了食譜，跟大夥兒說，我也是第一次炸，如果成功了，會很好吃喔。迫切希望成功的心意，都是為了把對家鄉的想念分擔出去。我將花生粒打碎、加糖，灑在炸好的湯圓上，非常成功。後來我們又多炸了一些，跑去幾個認識的學生房間串門子、分享炸湯圓，就像拜年。那是我度過年節氛圍最薄弱的除夕和初一，沒有紅色的衣物、熟悉的面孔，還好有食物替我搭一座橋，讓我靠近我未曾有過的年節。

三月開始，我跟阿可去小鎮上晃晃的頻率慢慢變高，除了因為天氣以非常緩慢的速度回暖，枯樹也慢慢長出嫩芽，一切嶄新，而我們就要分別。

有一次我們從坎特伯雷火車東站穿過整個小鎮走到坎特伯雷火車西站，再從火車西站起步計算我要走到某一區房子前面的時間。所以妳十一月底確定會來參加畢業典禮對嗎，一邊散步她一邊問我。我點點頭說，我媽和我妹說她們想來，所以我想找這附近的短租房子，但我要先確定從火車站走過來要花多久的時間，畢竟十一月底跟現在一樣，很冷，大家又拖著行李，我希望不要離火車站太遠。

確定完路線後，她問我要不要去岔路口那間咖啡廳。我有點想吃冰淇淋，她說。好哇，我點點頭。在高緯度的國家生活一段時間後，也開始懂得享受在冷冷的天吃冰冰的食物。我們並肩走去買兩個人都最愛的開心果口味冰淇淋，穿著毛衣和外套，只露出手指抓著錐形的餅乾，天空亮亮地，太陽灑在小鎮不同的角落，也灑在我們身上。

希望畢業典禮的時候我還能看到妳，我說。我一邊看著兩人手中的冰淇淋，感謝天氣，融化得很慢，一模一樣的顏色、知道她入口的跟我是相同的味道，讓我感覺親近。

興許是最後一個學期，體感上時序過得特別快，一下子就六月了。六月中我跟教授開完最後一次會議，從學校散步回宿舍時，有身在迷霧裡的錯覺，這就是我留學生活的最後一次課程了嗎，真捨不得。回到宿舍後，竟突然冒出一種好像該回台灣了的念頭，也不知道為什麼，明明原訂八月底才要退租返鄉，台灣像是有某種無以名狀的拉力，我開始朝收拾行李的方向著手整理房間，不過沒兩、三天，又陷入慢悠悠寫畢業作品的日子。我想著，這美好的、最後的夏天，我要浪漫地在帶有挑戰的書寫中度過，和阿可一起。

六月底時，朋友從台灣飛來歐洲，同樣都是六月出生的我們，說好要一起過生日。我們去了柏林，集中營、酒吧、下著雨的大街、半夜的車站。我三十一歲生日那天，幾個人隨性地去逛午後市集，陽光好得我喝了三罐啤酒，並希望所有愛的人都能打開任意門出現。朋友偷偷買了一束花給我，三十歲過了一年，但我覺得自己的三十代才正式要開始，充滿幸福和希望，風光明媚。

隔天，我在柏林的街頭收到台灣傳來的消息，乾媽突然小腦病變，正在做緊急手術。

02 / 灰色的

天空是灰色，柏油路也是灰色的。

吐氣的時候眼前會有潰不成團的白霧，十一度。我穿著黑色薄洋裝、深橘色長版羊毛大衣、紅色橘色黃色藍色混織的圍巾、黑色短靴，雙手各拉著一個黑色行李箱，二十九和二十六吋，身上斜背著我喜歡的英國當地品牌隨身包。清晨五點多，八顆小輪子摩擦著柏油路吭隆吭隆地響，全身幾乎都隨著這兩個行李震動著，但我還是感覺到了隨身包裡傳來的微震。我將行李從身後拉至前側，在路邊稍微停下，手伸進包包、掏出手機。

心跳沒了。小姑姑傳來訊息。

我沒有點開，把手機放回包包。繼續拉動行李箱，它們又回到我身後，像幾秒鐘前一樣。天還沒亮，我還沒回到台灣。我又吐了一口氣。怎麼人的靈魂無論有無肉身承裝，都潰不成團。

從宿舍走到坎特伯雷火車東站會經過一個大弧形轉彎，然後是一排紅磚矮房，通常會有車子停在前面，接著會是兩排矮房，一排紅磚，一排灰白色相間，當看到連接兩側的陸橋，就快到車站了。其實很近，走過去不需要五分鐘，平常經過時這些街景都是糊的，那個清晨這些身外之物卻生硬又尖銳。身上的顏色都是後來很努力才回想起來，一開始我只記得，那天沿路都是灰色的。

03 / 淡粉紅色的

二十多個小時後，桃園機場下午四點半，妹妹來載我，直奔阿公家。那一條路從兒時開始走了無數次，一直知道時不時會有花圈，高齡化的小鎮，戶戶輪流是喪家。那天夕陽很漂亮，可是這次怎麼是她。

上香、開冰櫃，堂弟的手發著抖。之後會做按摩，不會是長這樣，他說。那是他的母親、我的乾媽，走的第二天。我點點頭，嗯，我知道，我說。我們都還記得她的臉。

客廳擠滿了人，乾爹、大姑姑、小姑姑、姑丈們、叔叔們、和我同輩的孩子們等等，看似閒話家常。我感覺到乾媽是淡粉紅色的，在廚房連接客廳的那扇門口走來走去，然後走向我們，停在她的小兒子身邊。大家圍成一圈聊天，小兒子左手邊剛好是空的。我突然從她的顏色裡讀到，她站在那裡環視大家，嘴角是幸福的笑容——好久沒有一次看到這麼多人了，你們都來了呀。

最後一次見到她是去年飛英國前，我因為要拿東西回阿公家，她剛割完雙眼皮，眼睛腫腫，幫我開門後她說，我現在醜醜，先上樓，就不跟妳多聊囉。今年一月初，有一天我突然很想念她，就傳訊息跟她說，回台灣再去看妳、和妳聊聊天。她回我，好好唸書，很愛妳唷；後來，是農曆新年我們短暫視訊一會兒。再後來，她躺在那裡，漂亮、安靜地。

她的小兒子說，乾媽其實走得很安詳，只是突然了一點。看著她靜靜的臉龐，相信乾媽並非了無牽掛，但她已經事事盡力善良。

乾爹說，原本家裡的狗狗們總會在聽到車聲時吠叫，但乾媽回家那天，全家一片安靜，毛孩們都知道。乾媽靈堂的照片面對著一樓的窗外，乾爹說那隻半放養的小貓會踮腳扶在床邊看著乾媽的照片。我跟妹妹說，要不要養牠呢，可能要先問問我的貓咪暮暮。人亦是動物的羈絆。悲傷在日子裡流淌，就和一起擁有過的歡笑聲一樣；然後世界從此，就少了一個這麼愛我的人。

離開的時候乾爹看著我說，那，明天見。

好，明天見，我點點頭。

於是治喪期間，我天天搭上客運，起床簡單梳洗後就晃一個多小時來，姑姑會到客運站載我，有時候就在靈堂邊摺蓮花、有時候坐在客廳跟堂弟堂妹們聊誰的女朋友男朋友、有時候跟姑姑去二樓整理遺物，晚餐後姑姑再把我載到客運站，我再晃一個多小時的車程回家。

幾天後大家自然地聊起一些玄怪的事，因為知道，乾媽還在這裡。像是若坐在她常坐的位置，一會兒就會有莫名的灼燒感，像是時不時會覺得，有人在看著我們。妹妹說最痛苦的一週過去了，我回來的時候，大家已經慢慢接受了，乾爹已經可以一個個跟來上香的人們一遍遍解釋，三個孩子們也已經可以開些如往常般可愛的玩笑。像是某次乾爹在跟法師討論，希望不要把治喪期拉得那麼長，怕影響大家原有的生活，是否能把治喪期縮短。法師說治喪期長是因為要離開人間的路程長，小兒子聽到便說，沒事，我媽走路很快。大夥兒聽到後忍不住莞爾。

那些時候我都會閃過某個念頭，她的孩子帶頭舒緩大家的情緒時，乾媽一定驕傲又心疼，她養出了三個貼心的兒子。阿公則時不時會在棺木的布簾前徘徊，但是不走進去，他嘴裡喃喃自語，聽說有些人七天後會醒過來，我想去看看她醒了沒。

在台北生活久了，鮮少提起學開車的興致，那陣子是我第一次希望自己會開車，我希望以自己的能力反覆、來回地經過那條路，以此感覺乾媽還在。

乾爹在那些日子裡反覆說著，是先天性的腦部遺傳疾病，醫學上這樣的疾病每年有百分之五的發病率，只要發病就有高機率會死亡。雖然發病率很低，但就是存在，於是乾媽總是活在當下，她倒下的前一天晚上，還跟朋友們去唱歌、活蹦地跳舞，想來應該是沒有遺憾。每一次乾爹看起來是在向他人解釋，每一次聽來又都像是試圖輕拍自己的胸口；沒有人來弔喪的時候，乾爹時不時會走到靈堂前，看著乾媽漂亮的遺照抽著菸。怎麼、怎麼她就這麼走了。

04 / 白色的小蝴蝶

頭七那天乾媽是半透明的淺棕色，情緒是捨不得。當落入不同維度的世界，亡靈與留下來的人一樣需要適應。開始念經時我渾身直起雞皮疙瘩，我知道她跟著我們，她知道今天是第七天。所以兒子們只問一次，媽媽回來了嗎，就是聖筊。她一直都在我們身邊。

燒她的衣物和紙錢給她的時候，大家拉著紅線，圍著半夜裡的火堆，喊她來把我們要給她的東西、她生前珍愛的東西好好地帶走。燒得差不多時，法師請大兒子問，媽媽有領到錢嗎；笑筊。法師請小兒子換燒一組紙錢並持續念誦經文，再次請大兒子問，有領到錢嗎；笑筊。法師又念了一些經文，還是笑筊。法師靈機一動跟大兒子說，你跟媽媽說，我們下次會燒比這次多給妳；聖筊。拉著紅線圍著一圈的人們也露出笑容，就像她在的時候一樣，我們都能想像得到她的表情。

開始誦經時，我看到一隻白色的小蝴蝶飛進阿公家的大廳。小姑姑說，她是看到一隻黑色的壁虎突然跑出來，她說，但是乾媽應該是蝴蝶，她應該不想要當壁虎。我們一起笑了。燒東西的時候，我又看到一隻白色的小蝴蝶飛進紅線圍起來的範圍裡，在我看不清楚的地方停下。

也許這些在無名的平常中並沒有特別的意義，但是在這些日子，賦予意義的過程一一安慰了我們自己。

05 /

未吃的宵夜

　　母親每隔幾天也都會來阿公家，從小她就常常跟我說，乾爹、乾媽很疼我，每次聽到我要回來，都會從冰箱裡挖出珍貴的食材。

　　母親其實也是這樣的人，知道我喜歡吃哪家的玉米和雞肉，時不時就會拿到我家樓下；父親也是，買到好吃的海鮮或水果，就會放到我家的物管室。雖然他們已經離婚多年、分開地愛著我和妹妹們；雖然我花了一些時間才感受到，愛始終存在。我不喜歡往下挖探，比如那可能是因為除了好吃的東西，他們也不知道自己可以給孩子們什麼。我不喜歡去踩愛的無名處，因為踩到的往往是對方。

治喪期進入尾聲的某一天，母親載我回家，那天沒有搭客運，難得地坐在副駕駛座和母親閒聊英國生活的種種。我跟她說，英國的冬天很冷，到時候要注意保暖，還有畢業典禮那天要穿正裝喔，會在大教堂裡。

母親隱約中揚起笑容，說她很以我為榮，接著告訴我，她知道這些年我在台北各個角落兜兜轉轉（有好幾次都是她或父親協助我搬家），一直都有把我想要買房子的夢想放在心上，再給她一點時間，她會湊到頭期款。

在我的記憶裡，母親不是個經濟寬裕的人，難道是出國這一年多母親遇到了我不知道的事情嗎，我想和她多聊，便故意說，媽，我有點餓，還是我們去吃宵夜。很晚了耶，母親說，妳快回去休息吧。真的嗎，我又問了一次，難得跟妳吃宵夜耶。不要啦，母親邊說邊把車停在我家門口，接著她定定地說，我沒有給過妳什麼，買房子的事情不要擔心，這次媽媽會做妳的後盾。

關上車門後，我緩慢走進社區，聽見車子的引擎聲慢慢變小。她給我的其實很多了，只是身為母親，當面對孩子在生命裡大大小小的欲求，總會讓她害怕，是不是因為自己給的不夠。

她當時的笑容我想我此生都不會忘記。

跟她道別後，我有一個深深的願望，希望我不要連母親都失去。

06 / 那一天

那時候我們一家人還住在小小的公寓二樓。

大伯和大伯母特別穿了整齊漂亮的衣服來家裡，和兩個堂弟玩了一個下午後，母親也讓我換上乾淨的洋裝。小客廳坐著四個大人、三個小孩顯得擁擠，我端著熱茶，步伐魯莽地走向大伯和大伯母，淺色的陶瓷杯熱熱燙燙，母親要我雙手拿起遞給大伯和大伯母，他們說這叫做奉茶。

那天之後，大伯和大伯母常常會在假日單獨約我出去，我仍習慣和同輩一樣阿巴阿眉地喊著他們，大伯開玩笑地說，妳怎麼還不改口呀。

十、十一歲左右，我還是個不太愛開口說話的孩子，我不知道他們為什麼選我做乾女兒，也忘了我第一次開口喊他們乾爹乾媽的場景，只記得後來，我們每次見面時，他們都會偷偷塞零用錢給我、家庭旅遊時會記得帶上我，乾媽甚至會單獨約我，帶我去餐廳吃飯、去百貨公司買衣服。儘管如此，我深知尚未學會如何表達情感或想法的我，常常讓他們感到疏離。

有一次他們的家庭旅遊，我跟乾媽同房，乾爹跟他們的三個兒子倆倆同房。隔天起床時她問我，妳平常睡覺都不會翻身嗎，為什麼妳昨晚整晚都保持同一個動作一覺到天亮。我問她，有嗎。她說，有啊，妳雙手放在肚子上，雙腳伸直平躺，感覺就像怕隨時踢到我，或是，妳很怕我嗎。我搖搖頭。我當然沒有怕她，儘管她在晚輩們的印象中是個心直口快的長輩，有著嚴厲管教孩子的形象，更有直截說出自己好惡或想法的鮮明個性。明明個子不高，但她每次出現，孩子們都會默默地坐直身子。十初歲的女孩不懂什麼是刀子嘴豆腐心，不懂柔軟寬厚的心也可能藏在嚴肅又率真的皮囊裡。

到台北唸書後，和他們見面的時間就漸漸少了，仍時不時會想起住在山邊的乾爹乾媽，那感覺像是，想要跟他們分享我看過的風景。

大約是我小學六年級時，乾媽讓她的大兒子和二兒子（我的大堂弟和二堂弟）來台北玩一天，主要範圍都在我就讀的國小附近。那時我們正準備要過一個雙向道的小馬路，我左看右看，沒有什麼快車，大兒子見狀跑了出去，結果一臺疾駛的摩托車突然出現，直接撞上大兒子，大兒子在空中飛成一個拋物線，掉在離我們幾公尺遠的地方，摩托車騎士也摔在地上。

大兒子倒在地上，沒有哪裡出血，但一動也不動，我們衝過去，才十多歲的二兒子一直喊著他的名字，說著你不能死啊。摩托車騎士爬起來，不知道如何是好。後來有一臺廂型車經過，知道我們需要幫助，就停下來載我們去最靠近的醫院。

陌生人的車上，我坐在前座，二兒子坐在後座，大兒子枕在弟弟的腿上。我說，不要讓他睡著，我們要一直跟他說話。我們輪流問他問題，六乘八是多少，我們今天去了哪裡。他的眼神迷濛，一直說著他好累、好想睡覺。二兒子時不時拍拍他的臉，說著你不能睡著，你要醒著。

我在車上趕緊打給父親和母親，也打給乾爹和乾媽，但其實，我不敢打給他們，我覺得從此，自己就不是一個值得被信任的人了。許多細節已經忘了，只記得醫生說，還好全身沒有什麼嚴重的出血或內傷，主要是一些破皮和輕微的腦震盪，需要觀察一陣子。

乾爹乾媽到醫院的時候沒有看我。他們一家人往常都喊我的父親母親爹地媽咪，而那天大兒子要出院時乾媽對二兒子說，跟叔叔嬸嬸說再見。往後的日子，每當我感覺到和乾爹乾媽變得疏離了，總會想，是不是因為那一天。

07 / 愛的媒介

找一天我帶妳去買隱形眼鏡，某次大家圍著圓桌吃晚餐，乾媽邊說，一邊低著頭扒飯。

那時候我剛升上高中，開始要愛美的年紀，卻鮮少有變美的慾望。從小學開始，每每介紹自己來自鄉間小路，加上我幾乎都是中分、綁著兩個辮子，戴著圓形的金屬框眼鏡，沒有太多複雜的表情，城市裡的孩子都會直接以村姑稱呼我。可能我粗神經又真的傻、對世事還沒有太多優劣的定義，不知道村姑是褒是貶，就從容收下，沒有感到受傷。

直到升上高中沒多久，某次跟剛認識的幾個女生放學後去吃點心，她們說，妳不應該讓其他人這樣喊妳啊，真是欺負人，妳應該要生氣。我才知道多數同學們是帶著嘲諷的，欸村姑。跟家人們說起著這件事，母親便說要帶我去剪頭髮，乾媽則說要帶我去買隱形眼鏡。

那個週末乾媽開車來我家接我，帶我到鎮上的眼鏡行驗光、挑選保水度較高的隱形眼鏡。不過店員耐心親切地引導後，我還是戴不上去，耗了好長一段時間，後來回到乾媽家，我在她的浴室裡待了一個多小時，還戴不上一隻眼睛的，她也沒有催我，只是每十分鐘左右走過來關心我一下，讓我自己繼續試。好不容易戴上後，我跑向她，天啊，漂亮真是困難，我說。乾媽露出她的招牌笑容，看起來非常滿意。

後來她陸陸續續帶我去買第一支唇蜜、風衣和洋裝。不過當我在台北的日子越來越長，回到鄉間小路的時間就越來越少、越來越短。一直到長大後我才從自己複雜的心事中看見，真正讓我們疏離的不是那一天，而是成長時我為自己建構的只屬於我的人際與世界，她沒有改變地愛著我，以她能夠的方式，關心我的生活，她能給的，她從不吝惜。物質看似粗淺，但當看見背後她想為我解決的青春難題，才知道物質只是其中一種愛的媒介。

長大後對乾媽的印象留在很遠的地方，大多時候只有年節會遇到，每次她都會說，小時候的妳很好帶，不哭也不鬧，大人要妳去睡覺妳就去睡覺，要妳吃飯妳就吃飯，很乖、很好哄，大家都喜歡帶妳出門。我以為這只是簡單的長輩閒談，直到姑姑告訴我，在父親和母親忙於工作、我約莫一兩歲時，我時常是跟著乾爹乾媽一起入睡和起床。姑姑說，那是抹不掉的情感，每一次想起那個小小的我，他們就會想再多看我一眼。

原來是因為這樣，我成為了她的乾女兒。

她分給我的不是她的羽毛，
而是我能飛也能跌的安全感。

08 / 洗淨

告別式前一天有個沐浴更衣儀式，禮儀師會將大體按摩、淨身，並讓家屬為大體擦臉、說說話，然後替她更衣、化妝，儘量讓她恢復到生前我們熟悉的模樣。喪葬人員請我去拿乾媽的貼身衣物，乾爹告訴我在某個櫃子裡有幾套新的。新的？我問。因為她都準備好了，乾爹說。

禮儀師用乾淨的毛巾為她擦臉時，水從她的眼角流下，像是眼淚；她最後是開腦部手術，頭髮都被剃光了，更衣時禮儀師為她翻身著裝，她的側面看起來像個乾淨純真的小和尚。就像一生鉛華被洗淨，最後純潔地睡著了。

完妝後，禮儀師讓想要看看她的家屬入內，並把時間留給家屬。大家輪流跪坐著和她說話，最後輪到乾爹，乾爹輕輕地摸了摸乾媽的頭，我轉過身對身旁的其他人說，我們先出去吧，把時間留給他。乾爹看到大家紛紛走出去，以為時間到了，站起身也要向外走，大兒子跟他說，這是留給你的時間。乾爹又走回去，跪坐在乾媽身旁。

我們只能從帷幕偶爾的間隙中看見他的背影，這兩週幾乎沒有看過他哭，那時候我們都知道他哭了。帷幕外有人喊著，跟他說眼淚不可以滴到她身上，她會走不了。大兒子走進去，雙手側身攙扶著乾爹的肩膀。共同的哀痛中藏著每個人和她之間獨有的親密，那曾經讓人無比強壯，此刻卻無比脆弱。但總有一天我們會因為這些再次茁壯起來。總有一天、總有一天會的吧。

09 / 告別式講稿

告別式當天，家祭完後是公祭，公祭後是大殮，接著就要前往火葬場。家祭和公祭之間，乾爹給了我和乾媽一個親密的朋友一段說話的時間，我站在臺上、很努力地把每個字都說得清楚。

親愛的乾媽，今天我們要跟妳說再見了。

在這一天，我想分享一些我記憶裡的妳。

記得一開始我也跟著同輩的孩子們喊妳阿眉，直到有一天，媽媽跟我說，阿巴阿眉想收我做乾女兒。我不懂什麼是乾女兒，媽媽說，就是多了兩個愛我的人。

當時妳和乾爹想要在我的家裡進行簡單的奉茶儀式，又因為怕我覺得唐突和尷尬，所以妳讓兩個弟弟先到我們家玩了一個下午，再以要來接他們回家為由來到我們家。媽媽說奉茶後就要喊乾爹乾媽，可是我一時無法改口，記得妳說，不急，覺得想喊的時候再喊就好了，但是，妳又說，妳不會等我改口了才開始疼愛我。妳是這樣的人，不張揚的體貼，處處為別人著想。

我人生中第一支唇蜜是妳帶我去買的，我還記得我喜歡到天天用，卻捨不得用完，留了一點點放在抽屜裡，直到許多年後被放到壞掉。跟妳分享的時候妳對我說，妳喜歡是最重要的，把喜歡的東西用完沒關係，用完我們再去買新的，搞不好又有新的選擇了。妳是這樣的人，直率可愛、盡與地享受每一個當下。

我也還記得十多年前要去英國拜訪大姑姑時，妳因為怕我不習慣那裡的溫度，特地帶我去買了一件深藍色的風衣大衣，還有許多妳幫我挑的漂亮洋裝，到現在都還掛在我的衣櫃裡。在我還是對自己沒有什麼想法的女孩時，是妳陪我一起認識自己的模樣。

長大後，我最喜歡在過年的時候跟妳坐在一起聊天。

妳從來不是那種會說，小時候都是我帶著妳耶、這次考第幾名啊、交男朋友了沒啊、一個月薪水多少啊……的長輩；妳總是說，我小時候很乖、我在出嫁前都可以領妳的紅包。開始工作後，每次過年給妳紅包，妳都會把錢抽出來還給我，只收下紅包袋，說妳工作辛苦，自己留著。妳是那種，小朋友們會說，過年要有阿眉才好玩的大人；妳總是拿出一盒盒的銅板，板著臉看起來要做莊家，實則一點也不怕我們贏，就怕我們玩得不盡興。

也記得有一次妳知道我失戀後沒多久，幫我找了幾個聯誼的活動，說要帶我去認識新的男生，這樣就可以不要傷心太久。儘管我在台北生活，妳仍關心著我、用妳的方式在疼愛我。

除了我以外，這些喊著妳阿眉的我的平輩們，我們都深深知道，也許大家在一開始會被妳的直接和爽朗嚇到，但是妳耿直、體貼、善良和柔軟的心地更令人印象深刻。甚至，從妳的朋友和孩子身上都可以知道，妳是一個如此誠懇、真心的人，謝謝妳養出了令人驕傲的三個兒子，有他們做我的弟弟，時不時鬥鬥嘴，完全不會有無聊的時候。

還有，我的第一副隱形眼鏡也是愛漂亮的妳帶我去買的，記得那個下午在廁所裡待了一個多小時，妳也沒有催我，讓我自己繼續試，妳說，新事物總是需要時間嘗試和適應，適應了，它就是我漂亮的一部分了。

我想，我們需要非常長的時間來適應妳的離開，會超過一個小時，甚至一百個、一千個、一萬個小時，但妳不要擔心，我們會帶著妳給的愛去繼續探索這個世界，讓妳成為我們活得漂亮的一部分。

乾媽，謝謝妳選擇我做妳的乾女兒，讓我有機會被這麼可愛的妳疼愛。謝謝乾爹堅持把告別式辦在家裡，讓我們有機會能好好地和妳道別。

乾媽，妳知道嗎，每當我們聊起妳，都是滿滿的笑聲，謝謝妳留給我們的都是有著愛和快樂的記憶，也許每個人記得的關於妳的事情都不一樣，但是我們都在同一份愛的拼圖裡，有些由妳收藏著，有些由我們收藏著，但只要想著我們正跟妳收藏著同一幅拼圖，心裡就會暖暖的。

所以，如果妳看到我們哭了，一定是因為愛妳和想念妳。

乾媽，很抱歉沒有來得及見到妳最後一面，從來沒有想過從英國唸書回來後，世界會從此少了一個如此愛著我們的人。

乾媽，今天我們要跟妳道別了，雖然非常、非常捨不得，但妳一定要安心地離開，我們一生都會想念妳。

10 / 乾媽，好好地去郊遊吧

前往火葬場前，法師念誦著經文，要將棺木推出家裡的一樓大門。我一手拿著招魂旛，一手拿著香火把，大妹張凱跟在我身邊，拿著另外一支香火把。因為繞棺的晚輩有近二十人，場面有點混亂，我只聽到一個人拉住我的手說，要跟乾媽說，跟著火把走，走過什麼路、要過橋也要說。

我拿著招魂旛和火把走在最前面，接下來是長子端著牌位，再後面是一群孝侄孝甥，再後面是棺木。我不斷地喊著，乾媽，要跟著火把走，然後不斷地回頭，我知道她在我身後。乾媽，要跟著火把走。我們直直往前走到最前面那臺車。乾媽，要上車了。阿眉，要上車了。我跟張凱喊著。

車子在我們上車沒多久後就發動，我們繼續喊著，乾媽，要跟著火把走喔，阿眉，要跟著火把走喔。出發幾分鐘後，我突然感覺到，她在車上了。有一團淡灰色在卡車後方的載貨架上。我轉頭跟張凱說，她在車上。張凱說，她也感覺到了。接著我開始不間斷地喊著，乾媽，要過山洞了，乾媽，這裡路比較彎妳要跟好喔，乾媽，要過一個小陸橋了。張凱也有默契地跟著一起喊，阿眉，這裡要左轉了，阿眉準備要上快速道路了，阿眉，前一個路口要右轉喔。不知道是不是因為我們都感覺到她了，兩個人像導航系統一樣向她報路，就像最後、確定著自己還能跟她說著話。

乾媽的顏色從淡灰色變成淡灰色和淡黃色交雜，最後變成一團淡黃色。車子慢慢開了一段後，我忍不住笑了出來。張凱問我，怎麼了。我說，乾媽在笑。張凱也笑了，她說，難怪，剛剛一直看後照鏡（張凱坐在外側），有幾個瞬間彷彿看見乾媽在跟她招手，所以她時不時回頭看，想確認那是不是她。我沒有回頭，但很肯定地跟張凱說，是，是她。我說我很強烈地感覺到乾媽在笑，這兩個女生怎麼講不停，我知道路啦。大概是我們無意間把乾媽逗笑，整個車子後方我感覺到的都是淡黃色；不知道是不是被乾媽的情緒感染，我們兩個的心情都愉悅輕鬆起來，就像她真的坐在我們旁邊，我們正要去某處郊遊。

法事圓滿告一個段落後，一樓客廳有一大鍋鹹湯圓。大家吃著湯圓，坐在偌大的客廳笑笑鬧鬧地閒聊，我和張凱聊著今天我們無意間把乾媽逗笑、聊著因為知道乾媽愛漂亮，今天燒了更多衣物給她，也聊著在某些時候，如果是乾媽她會說什麼、會露出什麼表情。歡樂的笑聲是因為她留給我們太多快樂的記憶，眼淚是因為我們有太多的愛和想念。

離開時我想著，下次若我要回來，不想要是太久以後。

11 / 最後一面

當天晚上，凌晨四點多我被暮暮叫醒，發現他的碗裡沒水了，大概是我回到家時太累忘記加水，替他裝完水後，他喝了幾口，不知道為什麼仍一直喵喵叫。因為實在太疲憊，我倒頭就繼續睡。然後我夢到乾媽。

她穿著我們最後為她選的那套衣服、那漂亮的妝髮，場景在她最後沐浴更衣、剛化好妝，這輩子最後、最漂亮的時候。她睜開眼睛看著我，雙眼噙著淚水，但是帶著笑意。我感覺到她的意思是，我終於看到妳了；下一個感覺到的意象是，謝謝你們把我打理得這麼漂亮。

錯過的最後一面，那一刻我想我的回應她收得到——乾媽，謝謝妳來到我的夢裡，妳的美麗會永遠留在我們心上、舉手投足之間。

12 / 衣櫃裡的胸花

大家持續地整理乾媽的遺物，長輩們先選過一輪，姑姑們讓我們晚輩也去挑一些看到就會想起她的衣物當作紀念。乾媽的衣物間裡有兩串胸花，掛在舊式衣櫃的門上，起初整理時並不起眼，但我一翻看，發現許多都是我看她戴過的，忍不住喊了堂妹堂弟來看，大家驚呼連連，對對對，這真的一看到就會想起她；然後我們站在小小的走道，各自挑著自己想留下的胸花。

乾媽常用的、喜歡的，我們都留給她。在篩選過後的物件裡，我挑了一件洋裝和小外套，一個我小時候常常看到她背的包包和一個她買了還未拆牌的包包。這些都是我會忍不住想起她的東西，想起她帶我去買洋裝的場景、幫我挑外套的場景。

我把她的胸花掛在衣櫃裡，也許每一次打開衣櫃都會不小心紅了眼眶，但也不要緊吧。不是怕自己忘記，而是想記得的再更清楚、再更清楚一點而已。

儀式上的道別暫時結束了，接下來是一生的思念。

13／落暮餘暉

寫下這篇時距離乾媽離世已經一年多。

治喪期結束後，我想繼續經過那條路，於是幾乎每週日晚上都回阿公家吃飯。我為此去學了開車，並在初冬考到駕照。

初春乾媽生日那週，乾爹拿出一個蛋糕。誰生日嗎，我問。一時還沒有想起來。大夥兒安靜了幾秒。噢，我回過神來。乾爹見狀笑著說，對呀，結果生日的人沒吃到。大夥兒也笑了。笑容和尷尬都是想念。

蛋糕用一個紅色的盒子裝著，上半截是透明的，可以看見整顆的模樣，是小時候若有誰生日時我最常看到的那種蛋糕。台北的生活總太慣於尋找精緻和特別，看到上面紅色的塑膠片以英文字寫著「生日快樂」，那些沒有看過的蛋糕都不比它珍貴，這是她熟悉的、鎮上那間烘焙店。

有一次我一進門，就看見夕陽灑在廚房側門，小姑姑站在流理臺前切肉，乾爹坐在側門門口的小椅子上挑菜，萬千日常裡某一個無名的傍晚，我想這都是乾媽看過的，蟬鳴、山林、狗吠、初夏的落暮餘暉。

遇到彼此的每個時候，
都是最好的時候。

輯
二

畢業旅行

我們仍要畫夢，但我不要我們氣勢滂薄。
我想要我們不厭其煩、
不厭其煩地體會生命裡難捱的動態。
我想要我們還有機會確認那些消失的，
正以什麼不同的、誰也沒有想過的方式長流地活著。

14 / 異常之前

我躺在乳房超音波室裡，護理師將透明的凝膠抹在我的左乳房上，她仔細地以儀器按壓，我看見螢幕上有些塊狀，很是緊張。

我目前只有看到水泡，護理師說。原來那是水泡，我緩下心情。對，大家或多或少都有，基本上沒有其他異常，護理師仍盯著螢幕，我同時檢查一下右邊的喔，再忍耐一下，她邊說邊將儀器往我的右側乳房按壓，看起來也沒有異常，不過待會我們還是讓醫生看看。我點點頭。

醫生重複了一次護理師的動作，只是按壓得更慢更用力，她先檢查左側、接著右側。嗯，目前看起來都沒有拍到任何異常，醫生的聲音沉穩、語氣令人安心，妳是說左側會流血對嗎，她再次確認，並重新將儀器按壓上我的左側乳房。

對，我說，但不是很多，就是有時候會有血點，也不會一直流。

嗯，我們這樣按來按去地檢查，也沒有流血，醫生點頭示意她理解了，如果妳的生活習慣在過去一年有很巨大的變化，有可能是因為體質改變、血管壁變薄造成的出血，如果是惡性的，血不會停，若妳現在沒有流血，我們就定期追蹤，但在臨床上，確實也有非常非常低、大概一到三趴的機率是組織病變，這是超音波拍不出來的，也要先讓妳知道噢，醫生說。

好的，我再次點點頭。

確定沒事後，這件事我只有先告訴妹妹們，因為母親有乳癌史，我怕她擔心。既然現在沒什麼狀況，我想著不如就不要提。當微小的事情與經驗產生連結，心事就會有裂痕。

15 / 期待有效的整理

七月除了忙於治喪，因為身體上的小異狀前去醫院看醫生讓自己安心，戛然而止的留學生活，讓我也花了好一段時間去重新適應台灣原有、卻又有些不再相同的一切。

我一直有一種騰空的感覺，常常在整理東西，好像把一切擺放整齊，心裡就會安穩。有時候確實奏效，有時候並不。但整理著讓我想起來，一年多前出國時，我有寫一封信給回來的自己，我想看看當時的我寫了什麼。沒有預知未來的能力，至少有翻看過去的意願，這是普通的我一直以來喜歡的普通生活。可惜不知道怎麼地，就是找不到。

16 / 再見之必要

母親和妹妹們開始期待著年底的英國之旅，母親是最先提議的。

我的第一個畢業典禮，母親那時候還是幼稚園的園長，少子化來臨以前，學校的禮堂有一百多個身形短小的小朋友胸前掛著紅色胸花。母親辦得盛大，不是因為那一年有我，愛著孩子的她每一年都是如此用心，兒時記憶裡我們常常在週末被母親帶去幼稚園陪她剪紙、手做海報，禮堂裡所有的裝飾幾乎都是她親手製成。自己幼稚園畢業那天發生了什麼，我反而忘了。

小學畢業典禮那天，剛好是台北一〇一購物中心開幕，典禮結束後，父親和母親載著我去一〇一，和城市的人們一起參與一個新的開始；晚上我們在公館吃西餐，有我喜歡的酥皮濃湯。國中畢業典禮在某個平日，父親和母親要上班，都沒有出席；但我沒有感到失落的記憶，我覺得幸好，幸好他們沒有來，不然就會看見沒有什麼朋友的我，他們會難過。高中的畢業典禮，我則跟他們說不用來，我和幾個朋友約好典禮前要去吃早餐，結束後要去吃午餐。我開始有了自己的世界。

我在大四休學，跟三五好友穿上學士服、去基隆的望幽谷和東門的小巷子裡拍畢業照，但是沒有拿到畢業證書。那兩年父親和母親架吵得凶，我大四時他們離婚，我連畢業典禮的日期都沒有告訴他們。近十年後我申請上英國的研究所，抵達英國半年後，父親和母親都說想要來參加我的畢業典禮。同住一個屋簷下的人們，後來都拿起各自的、不同於彼此的鑰匙，我們在不同的門後生活，我知道這個提議是因為，他們想要回到在這十多年間他們錯過的、我的成長現場。畢業典禮是最好的契機，以及，不只是我，我和他們都能從這些憾恨中畢業。

由於父親已有新的家庭，後來他親自打給我，說他不便出席。我說，沒關係，你的心意我已經收到了。於是十一月的定案，是由我帶著母親和兩個妹妹一起前往英國。

難得有機會與家人分享自己在英國的生活局部，除了想帶她們走進我見過的風景，我也想再見阿可一面。那時候走得太急，原本想像著可以一起和她度過整個、最後一個夏天，但在天氣還沒回暖我就離開了。我知道自己是去說再見的，告別乾媽之後，能夠看著對方的眼睛、好好地說聲再見，儘管遲了一點，我也要回到將近一萬公里遠的國度，跟阿可、跟自己在英國的日子說再見。

生命之新，
是望向前方，亦是懂得回眸。

17 / 心傷於愛

凌晨一點半，我跟張凱站在街頭，等著紅燈變綠燈。

真的要去嗎，我問。這是最後的辦法了，她說。也是，我點點頭，秋天好像要來了，我說。晚風拂過臉龐，走過斑馬線後，我們來到一個關係友好的朋友家。無論關係多麼緊密，半夜拜訪他人通常不是什麼值得大肆慶賀的事。

詐騙、高利貸，總而言之，母親還在，但我仍失去她了。金額高達數百萬的洞，在幾天內就要去填。英國留學已經用光我幾乎所有的積蓄，以為回台後會是明亮的開始，可是、怎麼，會是這個樣子。

起先我和張凱想說先去信用貸款，不過礙於她還在唸研究所，而我以接案維生，兩人都沒有薪轉證明的狀況下，未曾實際去申請貸款的我們被利率嚇到，於是我們轉而列出身邊可能可以借到錢的朋友。事實上我們一點也不想這麼列出來，從前結交這些朋友、彼此真心相處的時候從來沒有想過是為了要在夜半打擾，送上難以啟齒的請求。

最後還是，敵不過這巨大的對自我的羞赧，儘管有數個朋友都願意借我們為數不小的金額，我們又串了一遍門子，將他們一一婉拒。接著我們身上各自出現了數百萬的債務。在還能負擔的範圍中，我和張凱決定，不要讓關係變得複雜，不要輕易地以難題試探情誼。雖然其實，這些並不輕易。

有個親近的朋友問了我兩次，她說，如果我這次仍說不，那她就不會再問了，珍貴的友情與沉重的現實，我當時並不知道，有些可能已經超出了負荷——身或心，皆有它們各自強大和脆弱的時機。好幾個夜裡我都想著，盛夏的那天晚上如果有跟母親去吃宵夜，結果會不會不一樣。

要拿存摺去匯錢給母親的時候，我發現旁邊有一封信，是那封先前一直找不到、我搭上單程飛機飛往英國的前一晚，寫給自己的信，信封看起來很貴。對當時的我來說，可能只是覺得好看。原來在這裡。

我坐在餐桌前讀到那一行——希望妳不要再把家人當作自己的責任。像是來自過去的預見。我竟流不出眼淚。

妳不怨嗎，我問過自己。要怨什麼呢，我的心裡馬上又會出現一個聲音，她太想成為一個好母親。每每回望過去，就會看見甜蜜的童年，接著青春像是瓶裝裡的水被劇烈搖晃仍無處可逃，等到家庭二字終於晃得龜裂、父親和母親終於分道揚鑣。瓶裡的水終於灑出，被蒸發的是還未產生裂縫的彼此。我看著母親後來罹癌，辛苦地重建健康和生活。我知道埋怨不會讓我長出翅膀。

多年前母親曾問過我，她是不是做錯選擇了，才讓我們姊妹沒有完整的家。我沒有半點猶豫地告訴她，才不是這樣，我們都長大了，我們都覺得媽媽妳很勇敢。除了不知道應該如何回覆母親這一題，我也希望自己在傷痛和困惑中有一種成熟，以降低她的內疚。她對孩子的虧欠和擔心交融在她的付出裡，我不捨得去指認裡頭各式各樣的、實際是什麼情感。我的其中一個部位已長成複雜的成人，逐漸懂得愛的複雜，而也有某一個部位永遠身為她的孩子，我於是想著，若不想怨她、就愛她，不想讓她擔心、就愛她。

我沒有意識到自己有太長一段時間，以愛為名，囫圇吞棗地迎向矛盾和困境。我太晚才知道，愛更多時候是節制。毫無節制的愛，是自傷。

18 / 石子落海

九月底的時候，小阿姨搬到母親家裡。

上週回去時小阿姨說，母親這陣子提到，兩年前幫她重新裝潢家裡後，本來答應她了但後來沒有幫她裝新的伴唱機（母親熱愛唱歌，那是她的紓壓方式），我才想到，對吼，忙來忙去，一直忘了幫她裝。正想要匯錢給小阿姨，讓她帶母親去挑，小阿姨就說，超巧的，我們聊完沒幾天，母親就有個也愛唱歌的朋友送她一台移動式伴唱機，說是要在母親家裡跟她一起唱歌。

小阿姨時不時會傳來母親彈鋼琴、彈吉他的照片，這是已經許久未見的。很多年了，鋼琴默默地變成大型置物架、吉他被收在房間深處。小阿姨說，母親邊彈鋼琴邊說著年輕時在外婆家的故事，我才突然意識到，母親也已經活了好多年沒有母親的日子，而我沒有發現這是何等巨大的傷痛。那時候還太小，未能理解什麼是死亡。純真有其迷人之處，但也錯失了需要被理解傷愁。

上週某一天，又想起乾媽。我還在以一週回阿公家一次的方式、持續地和她告別。一開始甚至有幾度我差點要說出，咦，乾媽怎麼沒出來，她在房間裡唷。不知道下次見面是什麼時候，當作她去放了一個長假，然後，只能一次次從這份酸楚中長出更能夠面對生活的臉孔。雖然長大後和她沒有那麼緊密了，還是覺得，她留下了很多東西給我，包括這些、我重新看向母親的視角。

沮喪或無助的時候，真的會不小心、難免地冒出埋怨的心思，然後覺得命運很殘忍，可是走下去、再多走幾步，又會發現命運的溫柔之處——許多事情看起來像是悲劇，當相互碰上了，冥冥之中卻成了最好的安排。那並非避開眼淚，而是每放聲大哭一次，都是一種認清，我繁複的心是一顆小石子，落入人海時也許再也不會浮起，也還有一圈圈美麗的漣漪，作為我們相遇、相互善待的憑據。最後能夠由衷地感謝際遇，是因為決定把柔軟的心放在溫暖的人事，以此擔起不可避免的苦惑。

其實起初我有很多想說的，卻不知道從何說起。後來沒說的都在眼神裡，和他人對視的時候，不一定每一次都會被看見，直到遇見有著相同眼神的人、直到發現原來大家都有那樣的眼神，才知道原來從前不是別人看不見我的，是我看不見別人的。我感覺到痛的地方，也是別人感覺到痛的地方，沉浮於生命的深淺，我不能開的口，太多了。

19 / 沒事的，一下就不痛了

她在門口左右晃了一會兒，始終沒有敲門。她有滿腹要說的話，但害怕說出來只對自己有意義，卻可能成為他的負擔。

他是那種人，快樂的事情記得，像匕首一樣的句子也記得，那些句子會把快樂的記憶劃出血來，然後他會笑著說，沒事，只是不小心，一下就不痛了。

很小的時候，有一次她跟家人出去玩，坐上了阿姨的車子。她坐在後座，鞋帶鬆掉了，低下頭去綁，阿姨並不知道，只是專心地開著車、說了聲，妳幫我拿一張衛生紙好嗎。她的雙手馬上停下動作，蝴蝶結才剛要成型，又散成會被絆倒的危險，她迅速地喊了聲，好，接著以最快的速度抽了一張衛生紙給阿姨。其實也不緊急，捉不出原因，她就是想這麼做。後來她聽到阿姨跟母親說，妳這個女兒，很貼心，會把別人的事情放在自己之前。

聽起來是讚美，於是從此，她都把自己置後。年輕時有一些美名，每個學期結束時老師在成績單上給的結語，體貼、善解人意；求學時同儕喜歡和她分享心事，比起自己當下是否有情緒上的餘裕，她更在乎對方皺著的眉頭、快要掉下來的眼淚。

把自己摺在最裡面變成慣性的人際應對，甚至在沒辦法這麼做的時候她會感到罪惡，但凡有一點遲疑，她就會像隨時要失去獎品的孩子；後來，在形狀各異的世故人情裡，摻和進「個人、自己、我」這些當代顯學，她開始令人生厭，一個人怎麼可能沒有自私的面貌、她的情緒去哪裡了、她的表情多溫暖都不夠真切，所有貼心都像過度反應。

再後來，連她也開始討厭自己，那些摺在最最裡面的，終於想要翻出、放在眼前，才發現再也熨燙不平了。沒有界線的體貼長滿了刺，越熟稔越銳利，聞到傷口的血腥時，她會笑著告訴自己，沒事，只是不小心而已，一下就不痛了。

她深知這種感覺，所以只是晃了一會兒，始終沒有敲響他的門。

窗外就可以看見，有些房間溫馨得令人鼻酸，有些房間凌亂得令人想起從前，有些房間堆滿她的物品，他還沒來得及還她，就翻新了一頁。

——那麼我就不去跟你要了，如果那些只對我有意義。是體貼嗎。是自私吧。為了想要一直佩戴那枚勛章。沒事的，一下就不痛了。

20 / 扣分鈴響時

我坐在駕駛座，秋老虎來了，天氣很熱，S型的轉彎，我退不出來，也不知道該怎麼前進。扣分鈴一直響。

只要一動，扣分鈴就會響。我看到後面有兩臺車在排隊，若我出不來，浪費的就是別人的時間。教練呢，我搖下車窗，想找找他在哪裡，我在場外的樹旁看見他正接著電話，我朝他招手，除了他以外恐怕大家都看見我了。好尷尬。我又把車窗搖上，再試一次吧，前進、鈴響，後退、鈴又響。我怎麼就卡住了。

不知道試了幾次，終於退出S型車道入口的轉彎處，我看見教練跑過來。還好嗎，他拍了拍我的窗戶。我卡住了，我邊搖下車窗邊說。有一股快要哭出來的衝動。我就是卡在那裡，我又說了一次，怎麼樣都出不來。沒事，但妳最後沒有我的幫忙還是出來了，他說，妳很棒。

剛剛扣分鈴一直響，我說。我的回應聽起來不像在回應他。沒事沒事，他又說了一次，總是要自己試過才知道要怎麼轉出來，妳多練習一下。我看著前方，再次搖起車窗，不確定要練習幾次我才能把這種束手無策的感覺拋到很遠的地方；也許也不用真的拋得多遠，只要我離開練車場時，它能被留在這裡，這樣就好。

一個半月後，我考到駕照了，那是初冬。

我同時坐在人生的駕駛座裡，這並非第一次，只是車子已不如從前嶄新輕盈，刮傷的地方還無力去補，因為還得繼續趕路。

21 / 入場票

一個畢業生會有兩張不包含自己的畢業典禮入場票，媽媽加兩個妹妹，總共有三個人，同一場次熟識的朋友都把票分配好了；票務人員說可以現場買，加上上午場的朋友也說都還買得到，我就沒有特別緊張。

小鎮上的主要幹道排著長長的人龍，都是肯特大學的畢業生，我也列隊在裡面，我們被引導到小鎮中心一間飯店的一樓後廳，先結承租畢業袍的錢，再走進去依照學院分流，裡面有一條龍的穿衣服務，從身形、身高到畢業袍與畢業帽的穿戴都有人在側協助。在亞洲人群中顯得微胖的我，被分到M號。黃色領巾，黑色長袍。沒有和我說著同樣語言的人，像是獨自參與遲到的、大學的畢業典禮。突然好想念大學同學們。

沒想到下午場的現場票很快就賣完了，輪到我的時候，無票可買。我的心裡一緊。母親與妹妹們都是為了這個典禮而來，我怎麼這麼粗心，應該要更早確認才對。千里迢迢的祝福，落下誰都殘忍。除了我以外，只有最小的妹妹稍微懂一點英文，母親吃完早午餐後回旅店休息，我得去接她。於是兩個妹妹開始沿街遇到看似畢業生的人就逼著自己生硬地開口，請問你們是參與下午場的學生嗎、請問你們還有多的票嗎。

我們在大教堂的入口處會合，最小的妹妹噙著眼淚，故作大方地說，沒關係，那她去附近逛逛好了，等我們結束了她再回來。她總有那種因為知道他人不願犧牲而咬牙犧牲自己的善良，這一次從她口中說出時，我希望她抵掉。

在幾個月前，我和張凱將事情處理完、我近乎身無分文的時候，才找了一天晚餐輕描淡寫地告訴她發生了什麼事。她沒有猶豫就要將這幾年的積蓄遞給我，她說，姊姊，妳犧牲太多了。我沒有接下，我說，無論如何，到我這裡就好。為什麼妳覺得自己的是有承擔的能力，別人的就是犧牲，妳的也是犧牲啊，她又說。總之，不需要妳也摻進去，妳的人生才剛開始，這不是妳的責任，我又說。但是姊姊，這也不是妳的責任，她說。我聽著，不知道該怎麼回應。

看著她時我會想，是不是因為她沒有看過父母最平靜、最愛我們的模樣。那個模樣，是看過的孩子要去還，或是必須一直記在心裡的嗎。也或是，我不喜歡把父母為我們付出過的當作他們人生的剝奪與犧牲，所以才不想以犧牲去定義我所承擔的事物；父親和母親在我和妹妹們心裡有著截然不同的樣貌，我們於是以截然不同的視角看待自己給出去的。可是限度在哪裡，這應該要被建立起來，因為我和父親、母親，我們對彼此的愛，以及我們最終掏出的人生，始終是不同的東西。

不要擔心，我說，我會幫妳找到票，我一定會讓妳進場。我帶著她們列入教堂外的隊伍，讓她們先排隊，我則去找票。人們正準備要進場，我在坎特伯雷大教堂前的大片草皮上快速搜尋，無論一群或是隻身的學生，我逢人就問，請問你們有多的下午場的票嗎。問了數十個人，沒有收穫，我轉頭看見人流開始前進，我焦躁地跑了起來。

一個女生穿著和我不同顏色領巾的畢業袍，看起來在找畢業生的進場入口，我問她，請問妳有多的票嗎。她從口袋裡掏出一張橘色紙卡，妳說這個嗎，她問。我用力地點點頭，如果妳不需要，這張可以給我嗎，我說。好哇，她直接遞給我。低於十度的天氣，我伸出凍著的雙手接過，謝謝妳，真的謝謝妳，我說，妳在找畢業生的入口嗎。對，她說，妳知道在哪裡嗎。我不太確定，我說，但我會找到的，妳等我一下，我帶妳一起過去。接著我快步跑向緩慢前進的人龍，找到母親和兩個妹妹，把票拿給她們，眼看自己差點就要被落在教堂外的妹妹已經淚流滿面。沒事啦，我故作輕鬆地說，我們等等見喔。

我向其他路人問到畢業生的進場入口，帶著給我票的女生一起過去，才知道她的父母沒有出席，只有男朋友有來，於是多了一張票。我們相互自我介紹，幾個月後我已經忘了她的名字，她大概也忘了我的，但那一刻她就像是站在犧牲邊緣的天使，沒有讓任何人被落在祝福之外。

進入英語學院的隊伍後，我邊跟許久未見的同學打了招呼，邊無意間聽到隔壁兩個畢業生的對話。

「我好怕時間過得太快，一下子我就要三十歲了，就好像，我不再年輕了。」

「才不用怕，三十歲的時候你會活得更自在。因為那時候你會更知道自己是誰、自己在世界的哪裡，不像二十幾歲的時候，總是覺得自己在失去。」應聲的是一個長捲髮的女同學，看上去約莫三十初歲。

以餘光偷偷看著聽著他們，我的心窩和眼窩發著熱。

典禮結束後，親友和畢業生一群群地往教堂外的草皮走，走出來時天已經差不多黑了，氣溫剩下五、六度，我的大衣在母親和妹妹們那裡，而我幾乎認不出她們在哪裡，先前的盛裝打扮，在灰藍色的天空下變成一團團黑影。我身上只有一件薄薄的毛衣洋裝，冷得只能頻頻握緊雙手。

母親先找到我。她雙手半張開地走向我，捉著我大衣外套兩側肩頭，直直地朝我走來，為我披上外套。昏暗的天色裡我看不清楚她的表情，但我知道那不是任何複雜的其他，那是看起來普普通通、一直存在著的，就算看不見也能感受到的、我所熟悉的母親。那個女同學的聲音突然清晰地在我腦中響起——

那時候你會更知道自己是誰、自己在世界的哪裡，不像二十幾歲的時候，總是覺得自己在失去。

長大是從打破的自我碎片中
重新看見完整的一張臉，
雙眸也許難免黯然，仍直視前方。

22 /

戰士也會遇到苦澀

我和阿可坐在飯店一樓的咖啡吧，十一月底的英國，下午四點多就天黑了。

之前唸書的時候，都沒有進來過，我笑著說。對呀，因為那時候我們是住在這裡的人，現在我們是訪客，她說。她看起來跟我印象中一模一樣，穿著我看過的淺藍色牛仔褲和桃紅色帽T，還有那件我們一起買的黑色短版羽絨外套。我好高興又見到妳了，而且是在這裡，我說，在我們的小鎮，坎特伯雷。

我也是，她邊說邊忽然紅了眼眶，妳離開得很突然。我很抱歉，我說。我可以理解的，她說，但其實這次我很期待見到妳，又害怕見到妳。為什麼，我輕輕地挑起眉。這半年，怎麼說，我過得很不好，我想讓妳看到那個開朗的我，但她好像不見了，阿可說著就流下眼淚。

原來她也遇到了詐騙，金額雖然沒有母親這麼多，但她原本要在英國念第二個碩士，已經拿到倫敦大學皇后學院法學領域碩士的入學許可，現在只能放棄了。甚至，她說，我覺得這好像是我最後一次來這裡了，而這一次是為了要來見妳，雖然我爸說，至少我還活著。

我也好高興妳還活著，我說，這次畢業典禮，我最想見到的就是妳。她默默地喝了一口熱茶，眼淚直流。我接著告訴她，她很像我才剛寫完的書稿裡的其中一個角色，那個角色因為一樣的原因只能放棄出國唸書的夢想。阿可問我，那個角色後來怎麼了，我說她的人生轉彎了，可是她身邊的人說，謝謝她沒有放棄，說的不是夢想，而是人生。

妳怎麼會寫這個故事，阿可說，感覺像我們沒有一起生活了，妳仍知道我發生了什麼。我說，因為我也遇到了類似的事情，但我不忍心把角色寫得太慘。品涵身上只有一百萬，是因為我捨不得。我知道超過它的幾倍是什麼感覺。我捨不得。原來以悲劇安慰悲劇，是有用的。她先是皺眉、露出不可思議的表情，然後笑了出來說，我的天啊，結束幸福又美麗的留學生活後，我們都經歷了什麼。

我也笑了。至少我們看到對方的時候，還笑得出來，我說，妳還記得我們剛來的時候，一起確診嗎，那時候我跟妳說，妳在我眼裡就像閃閃發亮的戰士，總是可以克服困難。阿可用力地點點頭，我記得我記得，她說，然後我回妳，可是戰士有時候也會遇到苦澀。對，我也用力點點頭，現在可能就是我們苦澀的時候。她轉了一圈眼珠子，露出那個我印象裡的開朗笑容說道，謝謝美好的時候有妳，苦澀的時候也有妳。

我的眼睛泛起淚光。要不要去吃冰淇淋？我問。當然，她的笑容仍掛在嘴角，妳也要吃開心果口味的對嗎，她問。當然，我說。

我們像以前一樣，只有露出手指，握著錐形的餅乾，吃著淺綠色的冰淇淋，一邊在小鎮上散步，仔細地比劃發生過的事情、在哪個季節和哪些朋友一起，就像是要把每一個角落、和對方一起看過最後一次。冰淇淋仍融化得很慢，而這一次我才意識到，因著各自的文化與來歷，主觀上我們嘗到的很可能是截然不同的味道，但是能夠並肩吃著客觀來說一樣口味的冰淇淋，讓我們能稍微、稍微地理解彼此嘗到的是什麼。

23 / 四人一偏房

母親因為上了年紀，膀胱捱不住久待，每每出去沒多久，就開始找廁所。

我試著理解，同時希望分享我鍾愛的散步的樂趣，英國和台灣氣候差異大，我尤其喜歡在英國的溫度裡散步。於是每當母親說想要上廁所，我就會找一間咖啡廳，隨性買一杯咖啡或熱茶，讓母親能進去小解，如果走累了，就陪她坐下來吃塊蛋糕。

幾次下來母親發現了，她問我，為什麼一定要花錢，不能直接問店家可不可以借用廁所嗎，就像在台灣一樣。我說，在台灣這樣也不太好，只是在這裡我們是外國人，入境隨俗總是好一點。妹妹問我，這是他們的文化嗎。算是使用者付費吧，也可能是我不想要被覺得亞洲人很無禮，我邊說邊聳了聳肩。

那天我們要走上一個小坡，我想帶她們從坡上眺望城市的景色。走著走著，母親問，這裡會有廁所嗎。不確定，我說，我先上去看看。我加快腳步、走在最前面，小坡上有一間咖啡廳，我徑直朝那裡走去，然後站在門口等著。她們三人抵達時，我說我想買杯熱的，妳們要嗎。好冷喔，先進去吧，母親說。

咖啡廳是一個長方體、約略是貨櫃屋的大小，有三面落地窗，從外面就可以看到陳列的甜點、餐飲價目表和櫃檯，為了有效使用空間，店家將桌椅朝外地擺放在長方體的長邊，我們四個人一起走進去，屋內就顯得有些擁擠。

一杯熱洋甘菊茶，我對櫃檯的店員說，然後轉頭問妹妹們，妳們要什麼嗎。二妹搖搖頭，我看著小妹，示意她最好點一杯，因為我們讓這個空間變得侷促，我莫名地覺得有些尷尬。她說她要一杯熱拿鐵。從表情看得出來她並沒有讀到我的訊息，我仍暗自慶幸。不確定把這些無形的、自行想像的外在目光硬是壓縮進自身每一個微小的眼神和行動裡是否得宜。二妹在我要準備結帳時再次開口，我也想上廁所，我點一杯熱拿鐵好了。

我邊結帳邊問店員，請問這裡有廁所嗎。噢，服務員指了指他剛剛遞給我的收據，最下面有一排四位數字，說是廁所在外面，有這個密碼就能進去。

接著我們又穿過狹窄的走道，走出咖啡廳、前往店員指的方向。看起來像是一間小偏房，門口有一個密碼鎖，應該是這個了，我在鎖上按出數字，門自動彈開。我側過身，讓母親先進去。

母親進去後發現空間比想像中大，大約有一坪半，她回過頭對我們招手，妳們要不要一起進來，一起上。妹妹們發愣地看向我，母親一手抵著門，一手急促地招著手、再次開口，就一起進來呀。幾個人面面相覷。快點來呀，母親又說了一次。

我們四個就這樣擠在一坪半的空間裡。母親先使用，三個女兒背對著她，接著換兩個妹妹，最後換我。沒有使用的人就像罰站一樣面著牆壁，身後的如廁聲、抽衛生紙、按下沖水閥時都一清二楚。

到我的時候，大概是集了滿腹的尷尬，母親喃喃地打破沉默，真是奇怪的文化，為什麼一定要花錢才給我們廁所的密碼啊。其中一個妹妹語帶不悅地說，就已經說過了，這裡就是這樣。我沒有看到母親的表情，但她沒有再說話。

從前可能會想，異地之旅便是偵測自我彈性的時刻，可是就像用了五、六十年的膀胱，要求它有彈性實在勉強。彈性在歲月裡所產生的倦意，可能是覺察日子太沉，不如就單純地啟程，於是母親只是想要看一看女兒曾待過的地方，沒想到卻需要施上比預期還要多的力氣。

24 / 難得的酒意與常駐的歉意

母親站在酒櫃前，拿著手機對著酒瓶拍照。我走過去，原來她在看翻譯。

妳想喝酒喔，我笑著問。我沒有跟妳們一起喝過酒呀，難得一起旅行，想說看看有什麼好喝的，她說。妳以前不是滴酒不沾嗎，我又問。那是因為我不希望妳們喝酒失態被欺負，才假裝酒不好，她語氣清淡，繼續看著手機裡的翻譯。那妳有選好要喝哪瓶嗎，我邊說也邊看著酒櫃上的酒。沒有耶，這些翻譯的我也看不太懂，母親聳聳肩。妳想喝甜的還是酸的，我問，花香或果香，語氣像是常去酒吧的都會女子。甜的、花香，母親說。我選了一瓶玫瑰口味的香檳，粉紅色的包裝，看起來是母親常穿在身上的顏色。這應該很適合妳，我笑著遞給她。好啊，她邊說邊接過酒瓶。

妹妹們幾乎不喝酒，加上晚餐她們買了泡麵回來煮，湯湯水水吃得很飽，幾乎沒有肚子再進食。但媽媽想跟我們喝，我以唇語向兩位妹妹示意。二妹搖搖頭悄聲地說，我真的喝不下。小妹站起身拿了三個酒杯，我喝一點點就好，她說。最後我喝了兩杯，小妹喝了半杯，二妹還是喝了幾口，母親則把剩下的整瓶都喝掉了。喝到一半母親的臉就開始發紅。我說，妳不用喝完啦。但妳們不喝，很浪費啊，她微醺地又啜了一口。

那是我們要回台灣的前一晚，我和母親睡同一間，兩個妹妹睡另一間。我坐在地上整理行李，母親帶著酒意躺在床上叨叨絮絮地說著話。從小時候她一直想著有一天要帶我們去搭遊輪，說著她努力賺錢，但還是找不到適合的日子，後來離婚了，她不知道自己可以給孩子們什麼，一無所有的她只希望我們能夠活得快樂、做想做的事，然後又說著，這麼多年過去後，女兒們都長成了讓她驕傲的模樣，現在還能帶她搭十幾個小時的飛機、到歐洲旅行，她覺得自己很幸福。我一邊在臉上擦著保養品，時不時一邊回應她，讓她能繼續說下去。妹妹經過房門，用唇語問我，媽媽是不是喝醉了。我笑著點點頭也以唇語回應，沒關係，就讓她說吧。妹妹點點頭，也露出笑容。

其實整趟旅行母親都很安靜，這是她最多話的一個晚上。無論是時差、體力，抑或是語言的巨大隔閡，她仍每天把自己打理漂亮，跟著我們東晃西晃。出發前我偷偷問過小阿姨，如果母親的經濟狀況不允許，臨時取消這趟旅行、我只帶兩個妹妹去也沒關係，我希望母親的壓力不要這麼大。小阿姨說，這趟旅行母親期待很久了，已經到處跟親朋好友說她要去英國參加女兒的畢業典禮，如果不能去，她會很難過。有時候我會疲憊地覺得我更像是母親，她是女兒，但每次我都會被她單純又明朗的心意推回女兒的位置。

出發前我跟母親說，如果想要買什麼紀念品給朋友就告訴我，不過她幾乎沒有開口，我和妹妹去逛街的時候，她總是坐在一旁休息。我知道她不是沒有想買的東西，是她不願意再花我的錢了。孩提時從父母身上臨摹著愛，可是就像多年後才第一次和母親一起喝酒，要磕磕絆絆地長大後才知道，如果可以，得以成熟的愛去愛父母，那恐怕就是迎向矛盾的最佳辦法。可是成熟是什麼呢，怎麼反覆地看，都是以傷為原料。

除了那晚她喝醉的時候，在後來的清醒時分，我都沒有再看過她那堅定又閃亮、說著要做我的後盾的眼神。她想為我達成的夢，變成了我的惡夢；虧欠沒有新舊，只有深淺。

25 / 我們要不厭其煩

回到現實的速度比想像得要快。

深深地休息了幾天，才又坐在書桌前處理工作。除了準備許多今年要執行的計畫以外，也收到了新書《是花季的關係》長銷版書封的打樣、約好了要到印刷廠親簽的日期。

有時候我會試著回想去年，在零度的倫敦跨年，為了看見倫敦眼的煙火，我與朋友走了長長的路，到處都擠滿了人。以為那些回憶會安穩地飄落在手裡，觸碰到時才知道它們跟雪一樣，為之顫動以後，都消失於無形。當然，總是能以「他們存在我日後的每一個表情裡」來安慰自己，那些並沒有消失。可是其實，以不同的方式存在就表示，原來存在的，還是消失了。

在台灣跨完年後，我傳了訊息跟阿可說新年快樂，我非常想念她。她說，她也是，她很想念我們幾乎無憂無慮的那一年。回到現實的速度真的比想像中快。儘管已經、搭了這麼多趟十幾個小時的飛機，還是覺得有一部分的自己可能會永遠落在那個小鎮裡。

以前規劃和想像未來的時候，因為還沒有太多失去的經驗，滿腔熱血而活得有稜有角，現在看向未來時多了幾分內斂，我想我們仍要畫夢，但我不要我們氣勢滂薄，我想要我們不厭其煩、不厭其煩地體會生命裡難捱的動態。我想要我們還有機會確認那些消失的，正以什麼不同的、誰也沒有想過的方式長流地活著。

我終於從學歷的困惑中畢業，也應當從家庭的責任裡畢業。

愛所產生的限度，是為了尊重自己漫長的人生，也許我確實被個體化的思潮影響，而在乎自己比較多，那麼我便不應該拿上一輩的價值觀來傷害自己，最重要的是，母親從未希望我這麼做。我以為我怕她傷心，是因為我看過她傷心的模樣，我怕的其實是我無力負擔她的傷心，像從前一樣。我把自己想得太重要了，卻不是在自己、而是在他人面前；從前的單純真的柔軟又要命，從未想過要撞上多少跌宕和酸楚，才能意識到，順序應該倒過來才對——我若要墜落，要落在自己的掌心。

我不要我們氣勢滂薄，
我想要我們不厭其煩、
不厭其煩地體會生命裡難捱的動態。

輯
三

普通失去

能夠吐出的溫潤軟語，

抑或是四平八穩的表情，

都是因為有眼淚，

才能把一盤散沙的生命收束成型。

26 / 窗邊的位置亮晃晃地

第二次躺在超音波室裡，距離上次已是六個月後。

這次無需特別用力按壓，透明的凝膠會就時不時會摻和到冒出的紅色血液，醫生在右側乳房下緣發現一顆一點九公分的東西。她警覺地問我，下週有沒有辦法做切片手術，無需住院，當天來、當天就可以回家。

術後回診時，我沒有再躺進超音波室，只是坐在診間裡。

醫生，好像真的是血管破皮耶，我邊說邊指著乳房上的瘀青。噢，那個是因為手術的關係，醫生的聲音仍然沉穩，她邊說邊看著我，眼神有一絲絲我看不懂的情緒。然後她緩緩告訴我，左側出血點上面有癌細胞，是當時說的組織病變、機率很低但是發生了，右側的腫瘤上也有癌細胞，如果腫瘤大於兩公分，未來要領重大傷病卡。

我沒有眨眼，直直盯著她。那，我現在應該做什麼，我問。

我們要動手術把腫瘤和感染的組織切除，以及摘取幾顆淋巴，確認癌細胞沒有擴散，醫生說。

那，我最快什麼時候可以動手術，我又問。

醫生有些愣住地眨了眨眼，妳需要先回去跟家人討論嗎，她問。

沒關係，我搖搖頭，這個我可以自己決定，我說。

因為接下來剛好是農曆年節，醫生將手術時間安排在農曆年後，並告訴我，等等個案管理師會再協助妳了解後面可能會發生的事情，醫生邊說邊伸手指向她身邊個子嬌小的女人。我進來時怎麼沒發現呢，每次診間裡都只有我跟醫生，這次多了一個人。

個管師領著我走出診間，她問我的第一句話是，今天有人陪妳來嗎。

我搖搖頭。看病等診漫長又耗時，我不喜歡約人一起，怕浪費了別人的時間，幾次都是自己帶著電腦，在等診時繼續工作。沒關係，她說，一邊繼續領著我到一個較少人流的窗邊的位置坐下，似乎很擔心我的情緒。坐下後，個管師遞給我一本粉紅色的小冊子，封面寫著「乳癌手冊」，裡面夾著許多張紙，其中有一張寫著不同病理程度的治療方式，從手術、放射性治療、化學治療、賀爾蒙治療到標靶治療。

個管師一邊解釋狀況，我一邊點頭，示意我都有聽進去，同時用力睜著眼睛看著她。那是我的習慣，我喜歡看著別人的眼睛說話，這樣我才能理解對方當下的情緒；而那一天下午，窗邊的位置亮晃晃地，我知道個管師拚命地在理解我的情緒，而我只是不斷、用力地睜著眼。

妳說媽媽也有得過乳癌對嗎，個管師聲音溫軟地問，妳記得她有做到什麼治療嗎。嗯，她有做到標靶，我說，已經快要十年了，她每年都有回去追蹤，都沒有復發。哇，那妳媽媽當時狀況算是很嚴重耶，辛苦她了，個管師仍試圖在和我對視時去尋找、確認我的情緒。

我知道自己有情緒。這是我第一次親身知道，母親曾經歷過什麼。

27 / 年節小記

小年夜和父親吃飯是幾週前就約好的。有好幾年，我的小年夜都是和最大的妹妹張凱一起，因為父母分開後有一段時間變得不太喜歡過年、也不知道過年要期待什麼，不如就在年夜飯前跟張凱一起吃頓好吃的，當作年假的開始。

倒也不是真的不喜歡年節，就是，每次過年都得要反覆顧及父親的家庭、母親、阿公與其他長輩的安排，仍有歡樂的片刻，只是煩惱與矛盾占了大多的時間。有時也會忍不住想，小時候過年可以看到誰誰誰，今年會看到嗎，好像不會了，大家在各自的生活裡有了更重要的顧慮。

那天父親和我們在北市鬧區的餐廳裡，只待了一個小時，話不多，但他還是來了，為了跟我們吃一頓飯，雖然沒有吃到甜點他就先離開。飯後我跟妹妹們在小巷子裡到處逛逛，買了一些新的飾品，時不時跑進服飾店躲毛毛雨。

舊生活在無形之中已經被新生活覆蓋，新生活成為日子的基調之後，遙遠的時光開始也出現老態，它看不清我，我也看不清它。

*

在某間中式餐廳吃年夜飯好幾年了，以阿公為主，每次都會出席的是乾爹乾媽和他們的三個兒子，以及我們家四個姐妹。有時候大姑姑會從英國飛回來，有時候不會；有時候會有其他叔叔嬸嬸，有時候不會。

去年我在英國，又適逢疫情高峰，他們說出席的人少，乾媽還說，明年換一家餐廳吧。今年換了餐廳，乾媽已經不在了。

年夜飯前先回母親家，母親有了一台伴唱機，我們唱了一會兒，覺得麥克風的聲音很奇怪，怎麼調都調不好，索性就沒再繼續。傍晚我開車載著妹妹們回阿公家，跟大夥兒一起出發去餐廳。精準來說沒有一起，我提早了一些，怕自己車速慢，結果還是在半路被其他家人追上了。

回程要開出停車場時，我沒注意到旁邊的石階，車子左側下緣被刮出一條白花花的線。啊，換妳開好了，我跟張凱說。張凱一路開回阿公家，到阿公家後堂弟們問我，剛剛不是妳開吧。很明顯嗎，我笑了出來。很明顯喔，他們也笑了。

生活的小事轉移了，因為考了駕照、有了不同的變數，於是有了新的可愛談話。仍然平淡微小，但只要彼此還擁有連結，這些可愛就仍然存在。

＊

初一跟母親約好在她家吃飯，年前和妹妹們在有母親的對話群組裡點餐，不過因為今年開始想要執行初一十五吃素，就特別請母親避開葷食料理。母親做了一半葷食一半素食，還多煮讓我們打包帶回台北。

小阿姨去年開始搬來跟母親一起住，過年也就一起見到她。午餐後小阿姨拿出花生糖和瓜子，她說看到這些才有過年的感覺，我們圍著木桌喝茶聊天，我說我對過年的印象是要有核桃糕，對耶，我還沒吃到核桃糕。小阿姨說，等等去鎮上看櫻花前可以去買。

我載著最小的妹妹先出發，怕不好停車，就讓母親和小阿姨去買，結果我們等了好一會兒，見面才知道她們跑了三家店才買到。啊，其實不用這樣的，沒有吃到也沒關係的，我在心裡想著，但沒有說出口，我知道這是我們試圖靠近年節氣氛的方式。

我們在一排櫻花樹旁玩到天黑，回家後，母親說麥克風她調好了。咦，我們試唱，發現真的跟昨天不一樣，就這樣唱到晚上九點。這些小小、小小的付出，一直是我所熟悉的母親。

＊

初二小姑姑回阿公家吃飯，國道塞車，抵達時已經快要十二點半。

那天陽光很好，吃完飯後大家一起去後院看被我刮到的左下車緣，堂弟買了黑色噴漆，一夥人圍在車子旁，不確定怎麼使用。乾爹湊近、接過噴漆，一下子就搞定，我們笑著說，這是老師傅的手藝。

小姑姑說，想要拍張合照，我左晃右晃，覺得舊式房子的門前最適合，陽光剛好灑在門前，小姑姑走出來，我用手機試拍了一張，遞給她看。哇，她驚呼，這陽光真美。接著大夥兒就聚在那裡拍了幾張。

長輩們對拍照的耐心不比社群時代的孩子，我大約按了兩、三次定時快門，大家就想要起身了。不過其實都好，至少留下合影，在人世的某個瞬間，我們聚在這裡。

下午三點多，和我同輩的孩子們去市區看電影，大人則留在家裡喝茶聊天。我們在商場遊晃、在人氣甜點店前排隊、玩了盲盒和扭蛋。

剛好有一台扭蛋機剩下四顆、四個顏色恰恰湊成一組，是四隻貓咪在溜滑梯。堂弟看到我眼睛發亮地投著硬幣，他也去換了幾個五十元，哇，我們剛好可以拿到一整組，他說。

有個小弟弟站在旁邊看著我們，我們稍微走遠後他指著我們扭完的扭蛋機，他身旁的母親說，啊，好像沒有了，還是你要看看別的。他低下頭，搖了搖，眼淚已經掛在眼角。

我提著籃子走過去，弟弟，你要不要選一個。他愣愣地看著我，捱在母親身邊。沒關係，你選一個，我送給你，我說。他的母親說，這樣很不好意思，還是我們跟妳買。不用啦，我揮了揮手，來，我再次看向那個小弟弟，給你選一個。他看了母親一眼，像是要獲得允許，才將手伸向我的籃子挑了一顆。謝謝妳吶，他的母親不好意思地說。不會，新年快樂唷，我說。

回到家後我把它們拆開、放在層櫃上，雖然少了一隻，但還是很可愛。那些不臻完美的缺席，可能都到了更好的地方。慢慢地也需要這麼相信。

＊

初三本來沒什麼事，小姑姑說想要研發仙草茶包，午餐後我就慢慢開車回阿公家，一夥人在一樓大大的廳堂裡嘗試各種不同品種、烹煮方式與開水比例等等的味道差異，最後終於找到一個黃金比例，大家都很高興。

無論這個茶包研發得如何，都讓大家有個話題聚在一起，我悄聲地在小姑姑耳邊說道。小姑姑點點頭，這些過程是更珍貴的，她說。而且，我繼續接話，這集結了大家心血和智慧吶。小姑姑露出靦腆的笑容。其實只是用心累積著習以為常的生活，智慧便會從中產生。

晚餐前我隨口問了乾爹，今年有炸年糕嗎。喔，那要去買麵粉唷，乾爹說。我想著那就別這麼麻煩，沒有也沒關係。結果晚餐後，乾爹已經買回一包麵粉，大姑姑在廚房邊切著年糕說要大展身手，孩子們則圍在麻將桌旁。在無法返還的時光中，每個人都以自己的方式拼湊著年味。

*

初四下午，我約了堂弟堂妹們來家庭式的租屋處玩耍。他們幾乎沒有來過，我想著每次都去他們家蹭吃蹭喝，雖然沒有什麼好招待的，聚在一起也不錯。

玩牌、逛逛街、晚上一起吃了披薩，然後聊天聊到十一點多。小時候的相聚總是鬧哄哄，沒有那麼懂事，所以放肆地大哭或大笑；長大後帶著自己的經驗和脾性，才感受到血緣帶來的欣慰。無論我們長成了多麼不一樣的人，都願意付出理解，如此體貼。

我們幾乎是從同一株植物裡掉下來的種子，有些人落在原來的植物附近，有些人隨風飛到很遠的地方，但就像海龜不會忘記他破殼的那片海域，濕度、溫度、沙子的觸感，因為很多年後他要回到這裡。返鄉的故事一直很多，有些人能夠被童年拯救，有些人則是為此將生命座標變得清晰，才有辦法透過自我的認同再次踏上人生旅途。

我們呢，我也不知道。

我只知道每每想起那裡時，最多的是老房子前灑下的陽光。

*

開工前一天，母親說想去南港公園的能量場走走。熱辣辣的天，我穿著內刷毛的大學T，體感就像夏天。難得也見到二阿姨，母親和她走在前方，我和妹妹沒有追上，讓她們好好聊天。親暱的定義也和時節一樣有了變化，有些時候是一群人，有些時候是兩個人，也有些時候是獨自一人。

母親聲聲呼喚著我們，要坐在哪裡、觸碰哪顆石頭，彷彿想把所有的能量都給我們、包括她不能給的。難得和母親一起出門走走，時間過得又快又慢。傍晚跟妹妹去吃愛吃的火鍋店，當作年假的收尾。接著買了幾杯無糖手搖飲，把妹妹載回家後，就去好朋友家拜年。

我們從八點聊到十二點，家庭關係、身體健康、旅行計畫、買房計畫，甚至是醫美、哪裡哪裡有神奇的算命老師。離開前她給了我一個平安符，讓我在車裡找個位置掛上。

成人的年節與孩時早已不同，那些長大中的過渡期，現在想來也多是模糊的，張凱說，但今年好像又開始了，開始會期待下一次過年。我露出笑容，今年過了一個很平衡的好年呀，我說。長大後所追求的好，是盡可能地處處平衡，比如沒有罣礙或扭捏地去團圓。

*

除了張凱和妹妹們，我還沒有告訴任何家人、長輩，我罹癌以及年後就要開刀的事情，如果可以讓噩耗再晚一點點，那就再晚一點點。許多生命的爆破雖然沒有衝破皮膚，卻已經深深積埋在身體的某處，它們改變了自己的處事方式、改變了自己迎向生活的態度。日子與人心的瑰麗大概都是這樣來的。此刻能夠吐出的溫潤軟語，抑或是四平八穩的表情，都是因為有眼淚，才能把一盤散沙的生命收束成型。

這應該會是很不一樣的一年。如果這是我生命裡的最後一年，我會怎麼度過呢——我想我會以這樣的心念去度過今年。

28 / 住院前一天

我跟母親約在家裡附近的火鍋店。
我想跟妳說一件事，我是這麼跟母親說的。
不確定母親有沒有察覺到我的選字用意，不是分享，是告知。
母親打扮得亮麗，白色的小外套和黑白條紋A字裙，頭上戴著她最近迷上的馬尾假髮，看起來快樂有朝氣。妳要跟我分享什麼呀，一坐下後母親就笑開來問道。原來是沒有讀到我的意思。
啊，不是一件太好的事，我的口吻小心翼翼。

喔，我以為妳要跟我分享妳有什麼新計畫。

嗯……我沒有馬上回應，原本看向母親的眼珠子轉了一圈。

沒事，母親趕緊接話。就像小時候、一直以來當她怕我擔心她不支持我時會有的口吻。決定了什麼，就去做，沒有做都不知道結果，而且無論結果是什麼，過程也都是收穫嘛，她邊說邊做出雙手張開的手勢。

如果是噩耗她還會張開雙手嗎。

這次換我要將噩耗遞給她。

它不是我決定要做的一件事，我又轉了一圈眼珠子。母親稍微發愣地看著我，接著把她的雙手收回、放在腿上。上次的切片報告出來了，我想當面告訴妳結果，是，乳癌二期，我搭配簡單的手勢，讓自己看起來從容，然後，我趕緊接話，不讓她有回應的空間，我明天要住院，後天要手術，把腫瘤切除，我說。我想讓她知道我並沒有在慌亂的狀態裡。告訴壞事的語氣呈現的是壞事本身影響自己的程度，或是，在乎對方反應的程度；擔心、害怕、自責、內疚，都是一種親密中微微被情緒擠壓變形的在乎。

母親沒有露出我所以為會有的那種擔憂或恐懼，啊，她看了我一眼，那就聽醫生的話，好好治療就好了，她說。我以為妳會很生氣，現在才告訴妳，我在心裡想著，沒有說出口。母親把菜盤裡的菜都倒進火鍋，表情淡然地繼續說道，只要沒有比我嚴重，我都不擔心。

她一直都沒有再張開雙手，我卻覺得被她擁抱著。

以前並不知道，相擁時若感覺到溫暖，是因為感覺到了對方的疼痛。

29 /

途經樂園而非抵達

看上去大約只有四、五歲的小弟弟一直在哭鬧，他的母親不斷安撫，其他人則面向同一側安靜地坐著、等待護理師喊自己的名字。座位區旁一扇對開的大型自動鐵門高頻率地開開關關，喊到名字的人會跟著護理師走進去，準備手術。

小弟弟的哭聲很刺耳，人們的眼神似乎在在以漠然表達理解；每個坐在這裡的人，都有自己的疾痛。不知道是不是帶著病困於是更能同理他人。小弟弟的哭聲裡夾雜著句子，我不想要打針，我想要把這個針拿掉，我想要去遊樂園。

一個較為年長的護理師走向喧鬧處，在我身後，我看不見他們的表情，只聽到護理師說，弟弟呀，我們去遊樂園的路上，如果車子壞掉了，是不是要先去修車廠修理好，才能開去遊樂園，我們的身體也是一樣喔，如果有哪裡壞掉了，要讓醫生修理才行呀。

他仍然放聲大哭，絲毫沒有被安慰。而我們這些沒有哭的成人，是不是因為知道，遊樂園只是長長的日子、偶爾會碰上的某一天，從孩提走到今日這般模樣，怎麼會不知道，長大就是，無論帶著的是健康或不健康的身心，都有要前往的難題，我們只是途經樂園而非抵達。

*

手術期間都是張凱陪我，她跟學校請了假，背上一個後背包就從南部回到台北。可能因為跟她待在一起，每每閒話家常、總沒有開大手術的感覺。

術後要住院一天觀察，因為我是早上第一台刀，中午就回到病房了。下午護理師、營養師和主刀醫生都有來看我，護理師還開玩笑地說，妳早上有去開刀嗎，怎麼氣色那麼好。我笑著說，因為我有霧唇啦。

睡了一個午覺起床後，我不想待在醫院，就換上我原本的衣服，和張凱外出晚餐。正直冬末，儘管不需要穿上厚外套，人們多數還是裹著毛衣。護理師替我將點滴暫時拆除，針管還插在我的小腿上（因雙側都要摘除數顆淋巴檢查所以雙手都不能插針），起初微微的痛感到第二天也尚算適應了，走出醫院時，針管被藏在褲管裡。

原來這是外面的世界。我深呼吸一口氣。

經過一間咖啡廳時我看見兩個年輕貌美的女孩在吃蛋糕，想到下午的時候營養師說我接下來得儘量避免甜食，原來不只金錢和健康，我連這麼瑣碎簡單、能夠跟朋友在可愛的小店裡吃塊喜歡的蛋糕的普通生活都失去了。

因為想要表現得跟其他人一樣，走路時我的步伐故作輕快，針管插著的部位倒也不是痛得會需要拐著腳走路，但為了顯得如常而刻意加快腳步稍微施力的時候，就會有隱隱的痛感。妹妹找了一間輕食料理，我吃著乾淨爽口的鮭魚菲力沙拉拼盤，腳上的痛感時不時來襲，可是沒有人知道我的褲管裡藏著什麼、早上經歷了什麼樣的手術，現在的我看起來，大概也只是跟朋友來吃飯的普通人。

我望向店內和窗外，無從得知每個人經歷過、或正在經歷什麼，人們的失去也用不同的事物覆蓋著。原來失去是這麼普通的事。

30 / 是花季的關係

走出捷運站後，人流幾乎都是往世貿前進，我也跟在裡面。

和前經紀人 Spring 約在側邊的星巴克，我一見到她就露出笑容，她則是一見到我就問，身體有不舒服嗎。今天是開完刀的第三天，昨天出院，回家舒服地洗了澡，小心地繞過四條傷口，接著將《是花季的關係》在台北國際書展裡新書分享會要講的內容再複習一次。

因為想要盡快開刀，若不是這週，又要排到好幾個禮拜以後，所以才跟醫生說，好，就這週吧。當時還問了醫生，週末公司有活動，請問我可以出席嗎。醫生問我，妳能請假嗎。無論活動在什麼時候，我知道更改時間是大工程，都會增加團隊的工作成本。可能會有點困難，我說。那，醫生說，妳不要搬到重物，還有身上會有放射性物質殘留，這陣子都不要跟別人擁抱喔。好，我點點頭。心裡想著，如果有讀者想要擁抱我，該怎麼拒絕；人們遠道而來，久久見上一面，我卻連一個擁抱都不能給。

沒關係，如果有人想要抱妳，我們再協助妳婉拒，Spring說，主要是怕妳太累或不舒服，妳要隨時跟我們說喔。好，不過目前都很好，我笑著說。

那天我和亞妮對談，聊到故事是包容靈魂的小怪獸、故事讓所有生命都擁有被參與的可能性。我不確定自己看起來如何，不過亞妮容光煥發、臺下讀者表情認真地聆聽，有幾個瞬間我感覺到腳上插針的小傷口傳來的疼痛，但又知道，那不是真的疼，是因為太想要顯得一如既往而試著在處處正確施力，語氣、表情、思考方式。

說實話，心情上是輕鬆的，我的身體也包裹著一個小怪獸，而在三天前，它暫時離開了我的身體。但我確實還沒有克服對疾病未知的恐懼，若往明天走去需要紅蘿蔔與木棍，原本一直認為一個明確的目標、美麗的夢想是我的紅蘿蔔，當在讀者們的書上一一簽下自己的名字，我意識到想要尋常地活著才是我的紅蘿蔔。我想要這場花季，能再久一點、再久一點。

有趣的是大家像是有默契似的，在所有出席過的場合中，無一沒有人要求擁抱，那一天卻沒有人問我，西，請問我可以抱妳嗎。往常覺得普通的事，那個下午卻特別注意著。還好傷口仍在無人知曉的地方，而心意都在眼前——在如常的工作中無法表現出自己生命裡正面臨的崎嶇，卻因為能夠在工作中看見人們熱切的眼光而覺得，生命的不同切面原來都如此耀眼。為了這些耀眼的時刻，我會努力健康、長命百歲。

31／餘命還長，可是

我的戶頭裡只剩不到五萬。

妳還有什麼其他的問題嗎？是醫生那始終沉穩的聲音，我趕緊回過神來。明明還坐在診間裡聽著術後報告，怎麼就失神了。

最後是二點五公分，要申請重大傷病卡，接下來還有一系列的檢查要做。醫生說，最主要是，如果經濟狀況允許的話，妳要不要去做基因檢測。

我眨眨眼睛，那很貴嗎，我問。醫生說，要十七萬。

我的心臟鼓譟。

那，如果不做基因檢測，妳會建議我做什麼療程呢？我問。

依照妳的狀況，臨床上這個類型的乳癌通常會直接做化療，如果是化療，妳的狀況要做八次，不過也有可能遇到罕見的機率是，其實不用做化療，卻為了想要有效治療而捱了那些副作用，是不是會碰到這個機率，要透過基因檢測才會知道，醫生說，因為妳還年輕、餘命還長，我想妳應該會希望能最精準知道要使用什麼藥物和療程。

餘命還長，我好喜歡從醫生的口中聽到這句話。

可是我沒有錢做這個檢測，我沒有說出口。我說的是，可以讓我考慮一下嗎。

妳可以在下次回診的時候決定，醫生的聲音仍然沉穩溫柔，還有，妳也可以考慮去凍卵，若之後真的要做化療，比起往後，現在的卵子一定是最健康的。好，我點點頭，我也會考慮的，我說。

走出診間後，我直直地往廁所走去，我慶幸又討厭自己那麼熟悉這間醫院、知道廁所在哪裡。這麼多這麼多，若串起的是星點，多麼美麗，而當串起的是這些不可逆的種種，我卻始終找不到適合的哭的姿態。深呼吸了幾次後，我走出廁所，撥了通電話給姑姑，告訴她我需要錢做基因檢測和凍卵，這是時隔多年，我再次跟長輩開口，我以為我已經可以負擔自己生命的意外。

姑姑和乾爹當晚就匯了錢給我，有一部分的我感覺到，才失去乾媽沒多久，他們都害怕失去我，而另一部分的我則繞過了這些複雜的心思，單純地覺得，我像回到兒時在阿公家的一樓大廳騎著三輪車繞呀繞，肚子餓的時候只要開口，他們就會說，廚房裡的東西都可以吃，自己去拿。心意會因為時序的不同而展現在不同的事物中，從前還認不出來。

那天回程搭上捷運時我自然地尋找著最靠近我的握把，在捷運不算特別顛簸的運行中，每個人都有自己的握把，沒有握把的人，也有自己的位置。我應該能站得穩。我已經這樣在捷運上好幾次，我總是這樣啊，沒有扶著任何地方、任何人，我也能站穩地抵達下一站、抵達目的地。但那一天，我第一次因為找不到握把而有想哭的感覺。我不是過了那個小時候總以為事事能夠優雅應對的三十歲了嗎，如果這是生命的驗收，我覺得自己一敗塗地。

捷運的門要關上時，我又聽見扣分鈴響的聲音。

愛與怨變成同一件事，我出不去。

32 / 四月

醫生從超音波看，是個健康子宮，血檢報告上的ＡＭＨ值，醫生也笑著說數值很好，其他血檢數值也都顯示正常，可以開始凍卵的療程了。

護理師在小房間裡教我怎麼使用針劑，我認真地聽她說著有點複雜的流程，護理師似乎看穿了我的迷惘，說晚點會傳教學的連結給我。我感激地點點頭。其實我更多的是故作鎮定，沒事的，就是個療程而已，雖然我要獨自把針頭刺進皮膚，我是個連抽血都不敢看的人。

走出診間的時候，四周坐著一對對男女，約莫有五、六對，因為是隻身一人，有些人抬頭看了我一眼，起初我覺得沒什麼，直到繳完錢、拎著藥劑走出診所時才恍然興起莫名的孤獨感。並非沒有情感對象的那種寂寞，而是一種由獨立和自由帶來的情緒。這是我的身體、我的人生、在這個時代的可行範圍裡我所能為自己做的準備；我自己來、自己做出決定——孤獨與自由是孿生，大多時候是被比較而來。

*

基因檢測的報告要等兩週，心力都耗在上頭，我甚至逛起賣假髮的網站，想著若做好最壞的打算，結果出來時就不會有太大的情緒了吧。除了原定工作，也不敢再接新的、下半年的行程，就怕若要化療會有影響，每天到處慌忙著，希望時間能因此過得快一點。時不時會想起再更早以前，一年前、兩年前、五年前、十年前，在這份等待還不存在以前，我是怎麼生活的呢。

總以為過去和未來特別迷幻，現在覺得最迷幻的是當下，因為可以反覆回憶過去、反覆勾勒未來，但沒有人能反覆活在同一個當下。人際與情感的重量，會成為生活的重量，就算不是這些，生活本來就有其負重，當要負擔自己的人生，輕盈是罕見的。

前幾天忍不住在日記裡寫下——在漫長時間的等待中，生活也會出現新的枝枒，也許不比成年的老樹強大，但日後必然的風雨，都成了它的養分。只要萌生過某種念頭，就增生了成為那一種人的可能。

*

四月一眨眼就來了。四月過完後，上半年公開出席的活動就暫時告一段落，要開始密集寫新書書稿。雖然還搖搖晃晃地在準備，但每當想著我還有想寫的東西，就覺得踏實，無論世上有多少關於我的標籤與討論，關起門來、打開門後，我都只是一個寫者。這樣真好。

有一點期待五月，也有一點害怕。漸變的日子裡，若藏有什麼是不變的，偶爾我也想拿夢境去換。

33 / 後來的四月

抽血的地方有一塊淡淡的瘀青，醫務人員眨了眨眼，沒有移開視線。

啊，應該是因為最近每個禮拜幾乎都在抽血，我說。辛苦妳了，對方抬起頭。這幾週抽的血大概有十多管，要進行什麼檢查，幾乎都要先抽血，這是我第一次知道太頻繁抽血的皮膚長什麼樣子。不然今天換手吧，我露出笑容，表現得自若。就像我每天早上為自己打進的排卵針，針孔小小的，也不是劇烈的疼痛，隔天仍會選擇在不同側施打。這些細小的傷口，也許看不出什麼，但我的人生都在裡面劇烈地變換著。

還沒等到基因檢測的結果，先來到的是四月初的大地震，租屋處也成了受災區，客廳的磁磚地板在餘震中變得滿目瘡痍，我們必須暫時搬離、待房東處理好後再搬回。我住進附近的青旅，小冰箱裡放的不是食物而是排卵針，努力不讓變動的生活影響療程。慌忙離開家的隔天，打針時我不小心戳到血管，其實沒有那麼可怕，但看著血流出來，還是又痛又無助，後來幾天長成了一小塊瘀青。又是瘀青。瘀青會淡去，其他事情呢，不確定。好壞都是我們允許自己去賦予的意義；也許有一天也並不是真的好轉，而是因為承受力變大了，才沒有那麼難捱。

住在青旅的日子像是把我尚淺的生活根基完全拔起，幾乎天天都做惡夢，不再知道該如何想像人生可以長成什麼樣子，演講中開口的都是過去的事，對於當下發生的，我卻無法侃侃而談。這些日子最困難的不是情緒，而是事件；我要克服的不是自己，而是發生在我身上的這些那些，於是所有的情緒都被滯後，因為我還有工作和負債，我還有病在身。在急速行駛的列車上，我在某個轉彎失去了最靠近我的握把，再也站不穩，又不敢倒下。

醫院、生殖中心、青旅、許多的工作與出差，組成了我的四月。朋友們傳來關心的訊息，我不見得每次都有心力回覆。那陣子常常想起二十五歲那年，因為限量出版品而招來爭議、陷入低潮的日子，也常常想起在英國的留學生活，那真的是去年、而不是好幾年前發生的嗎，獨自躺在青旅的床上，那些日子甚至像一場悠長卻毫無預警、被迫清醒的夢。可是，卻又是曾經的困痛與甜蜜，讓我能夠負荷此刻。

一週後我到醫院回診，和醫生問診結束後，我再次快步而熟敏地走進醫院的廁所。呼吸、吐氣、呼吸、再吐氣。反覆好幾次。我意識到越長大越無法絕對樂觀地相信，所有的發生都有意義、都一定能找到好的面向，那其實是人們為了度過、為了活下去，對自己的喃喃而已。

坐在狹小的廁所裡，我終於無聲地哭了出來。

「恭喜呀，機率很低，但是妳遇到了，報告顯示化療沒有顯著效益。」

34 / 雙解方

綠色的果菜汁在食物調理機裡快速轉中，轉成一個微型龍捲風，我把它們分裝成三杯，其中一杯插入不鏽鋼吸管。回台灣後，因為想延續在英國吃得簡單的生活，我試著建立喝綠拿鐵的習慣，沒想到現在養生成了必須。

我走出廚房，遞了一杯給坐在客廳的朋友，有吸管的那杯給她兩歲半的兒子。醫生是她推薦給我的，說是之前其他朋友問診過覺得值得信賴，所以從出現病徵、兩次超音波、切片手術、組織病變與腫瘤切除手術，她幾乎都是第一個得知消息。

我們閒聊她工作上的雜事、兒子之後要選什麼學校、之後要不要一起去露營，然後她問我，身體還好嗎，上次聽到我在醫院打給她時，語氣自然平靜，她很高興、很慶幸我的心態健康。

我聳聳肩。站在某條名為健康的界線內時，會感覺疾痛在很遠的地方，但其實，提起雙腳、多走一步，就可能超線，抵達毫無邊境、恐怕是更多人所在的、擁擠又荒涼的孤獨病域；當身處之地和從前不再相同，其實已不知道如何的心態才是算健康或不健康。而生命不過就是日復一日地提起雙腳、多走一步。

想到在等基因檢測報告的期間，和另一個朋友通電話，也許就是因為不知道結果，才在極度樂觀和悲觀中徘徊，怕樂觀會失望，又怕悲觀是提前失望。我的人生像是先被努力活成的銀飾項鍊，就算磕磕絆絆也都尚能順利穿戴、和誰碰頭，現在則扭成一團困結，而我只能耐心去解。

朋友說，聽到妳的聲音和說的這些，就覺得這很妳耶。我問她，什麼意思。她說，就是遇到再困難的事，妳心裡的小太陽還是會竄出來，這就是我一直以來認識的妳。真的嗎，我在電話這頭揚聲問。真的真的，她篤定地重複了幾次。

朋友們的這些話讓我的心鬆了一塊，要去承受他人、因為我而產生的難過和擔憂，對我來說是更大的負荷，所以在第一時間才不選擇向太多人報上憂事。但我也並非獨自度過，想起母親的經驗、乾媽百分之五的發病率，我的檢測報告上寫的發病率比乾媽還要高，百分之十；為了和那百分之五共存，乾媽選擇蹦跳瀟灑地活，而母親挺過八次化療，現在甚至和假髮成為好朋友。

曾經有人告訴我，我不應該強調母親的樂觀、與她抗癌成功的關聯性，因為這並非必然，他的母親亦是樂觀面對，但仍然離開了，樂觀不是解方。

樂觀到底是不是解方，我當時無法辯駁。自己罹癌才知道，樂觀是在恐懼和希望之間不斷、反覆拉扯之後，自身對現狀的表達。它不一定會帶來樂觀的結果，也不一定是為了樂觀的結果而出現；它不是未來的解方，而是當下的；它不是一種交換，而是一個決定。

抱持樂觀帶來的疼痛，與抱持悲觀帶來的疼痛，兩者都是人們愛著這個世界的方式。我時而選擇前者，時而選擇後者，兩者都是我的解方。

*

直屬學姊在得知我罹癌後，和我分享她父親去年亦確診腦癌的故事。學姊的父親在很早就發現、並未錯過黃金治療期，治療後的恢復狀況也很不錯，但他的心情像是末期，諸事無力、睜眼就彷彿死亡將近，無論家人如何陪伴，他都明亮不起來。妳能理解嗎，學姊問我。我搖搖頭，我說，我好像只能理解一點點，但不全然。學姊紅著眼眶。我繼續說道，每個世代……或不只是世代，不同成長背景、社經地位的人，每一個人，都對死亡和疾病有不同的認知、不同程度的恐懼。

我的難受更多的可能是這一年間發生的加總，並非單就疾病而已，亦有可能因為有了前面的傷心，生病只是，又多了一件傷心的事。在漆黑的夜裡不會因為獲得黑色的果實而感到突兀，反而在某個瞬間會覺得，果實好渺小。而且，我半開玩笑地跟學姊說，算命的說，我會活很久。所以目前，比起死亡，我更害怕那些看著我時露出的心疼眼神。

這時候的我已經可以擁抱了，朋友們和我道別時都緊緊地抱著我。那些時刻總讓我興起這樣的念頭——以前的幸福很輕盈，無需承受太多、就會捉到；後來的幸福有著重量，是需要承受某些什麼，才能感覺得到。

35 / 霧裡的方向

三十歲後朋友大致可以分成兩種：結婚生子、單身。單身的時常會被問及，那，有想結婚嗎、有要生小孩嗎，要的話要快喔。無論是生理上不斷下滑的體力，還是卵子的健康程度、產後的恢復速度，都成為席間的話題。人們的重心在選擇中轉移，對話也隨著重心的聚焦而改變。

學姊在幾年前結婚了，尚無生子的計畫，除了時不時會關心我的狀況，有一次她向我問起凍卵這件事。

妳最一開始想凍卵的原因是什麼，除了醫師建議的以外，妳沒有猶豫過嗎，她問我。沒有耶，我說，當時我就想著，如果現在能為未來的自己做點什麼，我都是願意的。可是，妳有想要生小孩嗎，學姊又問我。現在沒有，而且醫生說藥物治療這三年也不適合懷孕，我說。學姊微微皺起眉頭說，我的意思是，未來、未來妳會想生小孩嗎。我聳聳肩說，這個我真的不知道，我只想要讓自己在未來可以有更多的選擇。

我只是覺得，一個女性一定要生孩子嗎，學姊嘆了一口氣說，尤其是一個已婚女性。學長和學姊其實有共識，他們目前都不想要有孩子，只希望繼續經營現在有的生活。當然不一定呀，我說。我總覺得，凍卵這件事像在服膺傳統，學姊吶吶地說，好像有一天我一定要做這件事，只是把它推遲，如果我不做……妳知道，好多人都說我會有遺憾，我不喜歡這種感覺，我不喜歡我會不會有遺憾，是由別人來判斷。

我點點頭，我同意，我說。無論世代如何變遷，社會風氣如何更新，大多時候人們對一件事的評斷還是由過去為基準，差別只是，有時候是遠一點的過去，有時候是近一點的，直到從中感到不適，從懷疑自我到懷疑世界。可是人心的進步不就是儘管深陷這些困惑和懷疑，仍敢於為自己的當下做出決定；迷霧裡或許沒有方向，可是明天就在眼前。

我沒有猶豫地去凍卵，沒有任何一個部分是因為「我現在想要生育孩子」，更多的是想起從前，母親甚至外婆、阿婆那個年代，生病時大家要傾家蕩產地去救、多活一天是一天，無法勾勒未來。生技的進步讓負病的人在走向未來有了可能性，我跟學姊說，我大概，就是為了這個可能性，我想要相信我是有未來的。

原來如此，學姊點點頭說道。

但，我跟妳說一件事，我揚起笑容看著學姊，前陣子我聽到一個老師跟我分享，她有個年近五十的朋友，決定要把她以前凍的卵子銷毀了。

咦，怎麼會，學姊高聲驚呼。我只是想要告訴妳，生育是女性的選擇，不是義務，我說。

36 / 泥沼般的五月

怎麼一眨眼就五月中了。

四月初的地震後，慌忙而毫無準備地（逃）離開租了六年多的租屋處，接著住進青旅、去了一趟新加坡出差，再大動作地將原住處的東西全部搬進臨時租到的房子（要整鋪地板的師傅要求清空）。

現在想想，四月初的每天早上還有去寺院做七點的早課，接著每天在青旅為自己施打排卵針，然後頂著凍卵手術後的大肚子出國工作，回國後——啊，除了要緊急搬家，臨時租屋處遇到的意外也長長一串。壞掉的地磚、爬滿蟑螂的房子、小幽靈會惡作劇的櫥櫃、忽然斷電而開始發臭的冰箱。我其實明白，這不見得對每個人而言都有巨大影響，一件事情對一個人產生影響的程度，在於他對於此事在乎的程度，也有時候他在乎的不是事件本身，而是事件的發生促發了某個根深許久的情緒。

這幾天終於才稍微安頓下來。不過下週，原租屋處就要修繕完畢，要再大動作搬回去。四月就像半年那麼長。

約莫是十多年前，也有這樣一段時光，在某處住了幾個月，又搬到下一個地方、再下一個地方，短短兩年內就搬了五、六次家。那時候總有一種被拋棄的感覺，不是被某個人，而就只是，因為沒有拋棄我的對象，而更感到受傷；就只是，可能，為了建立自我安全感，那是人生必經的一段。

我真的花了好多時間、心力、學費，去靠近我所能及的最好的生活，也許離想像仍相去甚遠，但我都已經盡力。

沒想到會再次迎來這樣的感覺，而再次有這樣的感覺時，心卻重得讓我誤會，自己是否已成了無感而只能不斷往下墜落的石頭。我也不知道。這些夜晚很容易沒來由地做惡夢和掉眼淚，當我一回頭，原來我仍和十年前一樣，是一個沒有家的人。我明明知道這些努力沒有白費，我明明知道擁有的比以前還要多，但在一瞬間消失不見的時候，安慰只是讓人更難受。

我當然知道，這些年的努力也並非被層層覆蓋，像是壞掉的地磚，也是打碎了、重新砌上平整的水泥，不小心又碎掉的部分，仍是努力修修補補；追求明日，從不是為了覆蓋昨日，更多時候是想要修正，所謂修正，也不是透過漫長的、後來的日子去用力扭轉過去帶來遺憾的節點，而是渴望有能力重塑，遺憾之後、對日常可以擁有的想像。

所以可能，也沒有真的被深埋的什麼，如果每一次的毀壞都如實應對，倦意可能來自想像的消失，在一瞬間、某些瞬間，現實以它即興的方式迫使人們習得何謂轉念。所以，可能，長長的日子能夠支撐下來都是因為那一幅願景，就算沒有憑據可以證明自己是否正在靠近，能夠感受並相信它的存在，渺小的心就產生了力量，對日常、對未來的想像是靠著那一點一點的力量變得清晰深刻的。

但也有些想像劇毒而危險。

無論起初對某個人、某件事產生善意或敵意，為了支持自己的判斷，人們會開始無意識地篩選、連結許多訊息將這些善意或敵意邏輯化、合理化，等到足夠堅定、難以撼動之時，它們就變成了觀點和立場。善意的危險在於，情感和認同容易趨於道德之上；而敵意的危險在於，越難以抵達對方，想像越容易走入扭曲。這大概是為什麼人們要不斷地交流、對話，我們的生活與視野絕大多數都是以自己的想像建構起來的。

寫得凌亂，又想寫下來。可能我所希望擁有的安全感，需要比我所能給自己的更加厚實強大。也許真的都是交換，我能付出多少代價，我就獲得了多少願望。

世間喧嘩，但不以高聲可見地證明自己，而是將殘破不堪的生活，日復一日、活成可以負擔的人生。

37 / 命運曾經善待過我

我可能從來沒有這麼脆弱過
也從來、沒有這麼堅強

不想細數發生了什麼
雖然也怕，太輕描淡寫的口吻
讓這些事情看起來
對我沒有什麼深遠的影響

但是會有人聽出來嗎
我是因為沒有力氣複述一遍、再一遍

好像只是站在那裡
人就會變得千瘡百孔
就會突然，討厭起正向的力量
人生不是靠樂觀度過的
也不是靠悲觀
人生是靠理解樂觀的力量有限、悲觀的力量亦有限
這種明明什麼都有限
卻還是要承受巨大的、看似無限的痛苦度過的

幸福快樂是什麼呢
我其實並不會在這些日子裡就
否認它們的存在和未來還會出現的可能

那些當下我都知道、那些都是真的

它們大概是夏日午後的剪影
我卻再也回不去那些夏季
只能在後來的熱夏裡、反覆想起
命運曾經這樣善待過我
在我還看不清它的模樣的時候

後來我們終於看清對方
怎麼會是、如此猙獰——
那時候日子太好
挫折都是甜的
後來的日子太壞
美好都是痛的

38 / 緩慢

去做放射性治療的途中會經過一座大橋，上橋前有兩個車道，第一次去的時候，右側車道回堵長長一段，我開在左側車道，想著他們為什麼不動或是換車道呢，左側比較快呀，看到橋時我才發現左側車道不會帶我上橋，我得再繞一圈，多花了十分鐘。於是第二次經過的時候我知道了，緩慢更甚停下之必要，是為了到達要去的地方。其實開高速公路的時候也是，看到長長的回堵會知道，因為那是他們要去的出口。因為目標明確所以甘心緩慢。

前幾天和朋友聊到，焦慮帶來的無意識、直覺反應，很可能是用力搜刮立即可見的安全感，像是快速、明確、可辨認、精品包；需要耗費心神去解讀的，縱使美麗卻往往太隱晦深沉，或只是在焦慮之中失去了耐心，才會不敢信任緩慢之中也有寶藏。

緩慢是長大後才開始珍惜並願意刻意維持、甚至視為一種能力，不要急、不要急，棉花糖一定會給你。只是什麼都還沒有卻覺得自己擁有最多的時候，會希望快一點再快一點，必須要讓人們在第一眼就看到，我就是我想成為的那種人；後來才知道，慢慢來、慢慢來，生命是繽紛的糖果籃，棉花糖沒有中心，入口即化、無需咀嚼，沒有人會遞來真正的甜蜜，都是自己從日子的悲喜中做的最後定奪。這是緩慢裡的寶藏。

幾年前看日劇《凪的新生活》裡有一幕，一個女人對著女主角說，如果妳會騎腳踏也會開車，那兩者都不要放掉，因為它們能去到的地方是不一樣的（原話我有點忘記了大意如上）。學會開車到真正可以自在地上路、在城市與生活的計畫間穿梭後，好像才有一點點理解這句話。我能夠理解的事物可能都已經註定，但每一次從嶄新的視角去透視曾經的經驗，都讓我覺得又多掌握了自己一點。

39 /

美的產地

我聞到濃濃的麥克筆味，從兩側乳房中間一路延伸，到鎖骨下方約莫五公分的位置。至少有一個月不能穿我最喜歡的那件V領洋裝了。偏偏夏天來了。

醫生和護理師說著一些我聽不懂的術語，我只聽得懂，有對到嗎，有，這邊也有對到了，那我要畫了喔，好。他們的語氣溫軟但沒有起伏。我盯著天花板，儘量連眼睛都不要眨，讓自己只有身體在場。這些記號到治療結束前都不能被洗掉喔，護理師的叮嚀將我拉回大約二十度的診間，我這才同時聽到診間裡有著音量適當的鋼琴輕音樂，手腳有些冰冷。只是暫時不能穿喜歡的衣服而已，至少不需要化療、不會掉頭髮。這算是一種安慰嗎。母親都怎麼安慰自己的呢。

我坐起身，向護理師和醫生說了謝謝，眼神亦是溫軟但沒有起伏。在醫院裡，罹患了什麼疾病先於我是誰。

*

我穿上那件V領洋裝，站在鏡子前，仔細盯量那條線如何從皮膚長出來、超過領口。我想看它超過多少。我還是不死心。如果只是超過一點點，我會硬著頭皮穿上這件總是能帶給我自信的衣服，甚至在心中預演，如果引來側目，我有莫名的底氣，我已經生病了難道還不能穿自己想穿的嗎。但還是超過太多了，多得超過我一閃即逝的底氣。

床下有個抽屜，我把它和其他幾件平常愛穿的較低領口的衣服摺起來、放進去，將原本放在抽屜裡的衣物換出來。這些衣服我都記得，是那些，每次想著等有一天我變漂亮了，我要穿的衣服。但我除了買回來當天在鏡子面前試穿、感覺到自己無論如何都差強人意之後，從來沒有穿過，有些吊牌甚至還掛在上面。

我感覺到乳房中間那條線正在裂開，我找不到著力點，於是掉進去，對美的既定概念落在身體之外，在穿上任何衣服以前，我該如何重新穿起我的皮囊；陷落在病體裡的我該要如何感覺她才算是健康。

*

放射線治療的保養方式是冰敷和保濕，醫生說會有像曬傷的感覺、會脫皮。於是我隨身帶著乳液，每次治療完，都會在更衣室裡將兩個乳房均勻抹上。總共十六次療程，大概到第十、十一次的時候，我的皮膚開始出現反應，確實就像曬傷，不過我發現雙側腋下特別紅。護理師一看就知道怎麼回事，放射線會做到腋下這裡，乳液記得要擦到腋下唷，她說。

因為錯過了前面十多次的保養，在療程完全結束後，我的雙側腋下先通紅再發黑，時不時出現的灼熱劇痛，就像大火，它們有自己消長的節奏，明明是我的身體，疼痛卻更像主人。於是不只喜歡的衣服，原來的內衣暫時也不能穿了，只能穿有彈性的運動背心，以減少衣物和皮膚的摩擦。

事實上，我選擇穿戴、走出門去面對人群的，讓我充滿自信的衣物、在工作中的成就感、他人對我的能力的褒揚，抑或是朋友們說適合我的口紅色號、我努力站在的社會位置，所有可見與不可見的早就和我的皮囊有所摩擦，我矛盾理想的生活樣態必須包含至少符合當代審美的外貌，又不甘心美作為武器和手段；因為不擁有，才會想再多問一句，難道如果沒有漂亮的軀殼，我擁有的其他就會相形失色嗎。

我討厭自己俗氣地以某一種審美的想像評斷自身，卻又做不到足夠信任我的內裡其實充滿價值。那件洋裝是我能夠走到的美的最前線，失去它我就像手無寸鐵的逃兵，狼狽撤退回這些讓我更黯然的矛盾中。

我持續例行地冰敷、塗抹乳液，像曾經感到沮喪的日子，日復一日煮著無聊的飯、做著無聊的家務，執行著那些必須要做的事情，撐起著低谷。而當卸下喜歡的衣物，我對直視自己的身體產生了更強烈的抗性，她不漂亮，我並不想知曉她現在是如何地更為殘破。

＊

療程結束後的某一天，她開始脫皮。

我赤身站在浴廁的大鏡子前，雙手舉高，內心興起一股隱隱的期待，這場蛻皮之後，疾病會還我原來的身體。這是第一次，我認真地看著，生來白底的膚色讓療程後的胸部顏色變化更明顯，雙側乳暈上彎月型的手術痕跡對稱，長度、弧度幾乎一致，應是醫生的體貼；乳暈周圍一直到胸下圍的毛細孔都變成黑褐色，像小小的芝麻粒，撥不掉；雙邊腋下各有一條為了檢查淋巴留下的術後刀痕。直面鏡子一眼就能看到的，有四條手術線，數不清的黑點和數個黑紅混雜的破皮處。

我忽然想不起來，我期待要被還回來的身體，她原來是什麼樣子，在沒有這些傷口以前，我明明看了三十多年，怎麼還是忘記了。像是鳩佔鵲巢，我的乳房不是慾望或美的載體，而是疾病的——雖然，慾望和疾病可能都是美麗的，它們因為真實、難以避開，而我們為了活下去，不得不將其如此定義。不知道這是對自己的殘忍，還是對生命的溫柔。

我將乳液擠在左手背，熟練地將一半抹在左胸、一半抹在右胸，白色的液態在皮膚上被均勻推開。我再看一次。再看一次。原來這是我的輪廓，我的腰線，我的肚臍，我的小腹；我試圖挺胸，前後任意擺弄肩膀，原來這是我若隱若現的鎖骨。原來這是我的身體。對美的單一想像和執著是太重的石頭，我一直放在口袋，衣服就脫不下來；終於因病脫去，終於讓觀看她變得必須。這是我的身體了。而我正穿著。

＊

十多年前、高中升大學的時候，母親因確診第三期乳癌，需要切除半邊乳房加做八次化療。

乳房重建手術那天是我陪她去的。我在手術房外等她，將她對美的期待裝回自己身上。麻醉消退、她意識清醒後護理師走出診間，先確認我是她女兒，接著告訴我，妳進來幫她換衣服。我點點頭，故作我是個嫺熟母親病況的女兒。

走近病床時，我看見母親虛弱地躺著。媽，妳現在要坐起來，我說，我要稍微拉妳一下喔，一邊去觸碰母親的肩膀。她虛弱地將手伸向我，示意要我扶著她。她坐起來時因為無力而駝著背，雙眼半瞇，短髮凌亂。媽，我現在要幫妳換衣服喔，我又說。她點點頭，將雙手微微地張開，幅度小得無法擁抱任何人。我替她脫下醫病服，她整個人纖瘦又脆弱，胸前裹著白色紗布。穿上她原本的衣服後，我蹲下來幫她扣釦子，儘量讓自己的手不要碰到紗布、不要碰到她的身體。我並不是個嫺熟母親身體的女兒。

母親愛美的程度，是要確定能排到乳房重建手術，才願意開刀切除半邊乳房。當時我生氣地問她，為什麼，疾病不是應該優先嗎。她沒有生氣或大聲反駁，而是音量漸弱地說，因為、我、我就是不想要只有一個胸部啊。我瞬間啞聲，失去我本來就不存在的立場。但生氣又懊惱，一個女性每天穿著的是到底是什麼，在身體、在社會、在自我認同和期待面前、在所謂的美面前，母親要裝回去的到底是什麼。

*

某次母親化療結束、身體狀況較為穩定後，我們相約在鬧區晚餐。那也是個熱夏，她穿著灰色的亮面背心、黑色窄裙，戴著一副大大的銀色金屬耳環，腳上踩著黑色高跟鞋，原本就高挑的身型，因化療消瘦顯得更加修長。她走向我和妹妹們的時候是黃昏，天色微亮。哇，我跟妹妹們一起驚呼，媽，妳也太時尚了吧，我們接連說出的只有讚美，把驚訝收在高聲的稱讚裡似乎是默契。

母親露出有點害羞的笑容說，我想說，很熱啊，不想再戴假髮，很悶，就上網去找找看要怎麼搭配，這樣好看吼。超像雜誌上的模特兒欸，我說。對對對，超像的，那種時尚超模，妹妹們也附和著。那晚直到分別，我們都沒有談光著頭的母親，沒有談她如何跨過碎了一地的對自己的認知。十多年後，當和母親有了一樣的病症，經歷比她輕微的療程，我才知道那是母親最脆弱，但又最堅強的時候。她亦從最前線撤退，可她不是逃兵。

在母親知道我確診為乳癌二期時，她說的第一句話是，只要沒有比我嚴重我都不擔心，因為妳不會經歷我所經歷的，我可以走過來，妳也可以，因為妳是我的女兒。十多年了，她還活著、還能坐在我前面告訴我可以如何面對病況，看著她清淡的表情，我不自覺地感到安心，我意識到自己除了繼承她的基因，也繼承了她對生命百態的主動；別過世間對美的各式定義、文化洪流裡美的複雜來歷，她是我的美的產地。

起初我以為母親是因為放不掉對美的執念，所以不畏病況加劇也要等乳房重建手術、不畏外貌改變也要換上另一套試圖達到審美標準的衣服；我也以為我是因為放不掉，所以不能穿喜歡的衣服時會失落、所以不願意凝視療程後脫著皮的身體。但我和母親，原來其實是想要回到無病的時候，我們深怕那些帶著缺陷的從前是最好的日子，而我們已經錯過。幼時母親以奶水孕育我，後來以裝回的乳房告訴我，我們的胸部不會只是疾病的載體，沒有誰占了誰的巢穴，不同定義繁複地共存著，但由我們的視角聚焦。

於是當所以為所期待所想像的美被歲月與疾痛一語道破——美早已不是目的，而是一種經驗，從自我之外走回自我之內、從皮囊的裂縫中挖開，因為化被動為主動，而擁有再更多一種的、美的經驗；它不是個體融入群體，而是從群體中辨認出自己的過程：既然這是我的身體、我的發生，我選擇要這麼活。

＊

和許久未見面的老朋友相約，因為提早抵達，我低頭滑著手機，沒有注意她的來向，她從身後拍了我的肩膀。我差點認不出來，妳變好漂亮，她驚呼。有嗎，我露出有點害羞的笑容說，可能是因為衣服吧，生病後想說把之前比較少穿的衣服拿出來試試。

她挑了挑眉，仔細地打量著我，我確實沒有看過妳穿這樣，她說，但，總覺得不是因為衣服。難道是因為生病，我半開玩笑地說。不，妳現在看起來比沒有生病的時候還要健康，她說。我知道她是真心的，如同當年我和妹妹對母親說的亦是真心的，原來心疼和欣慰能變成同一種表情。

初夏的週末，我們並肩走在熟悉的街道，陽光和微風沒有換一張臉。

我比昨天還要舊，又比昨天還要新。

40 /「她很開朗。」

朋友因為下胸圍腫痛前往乳房外科檢查，週間先生去上班，於是獨自赴診，她傳來訊息，說坐在診間裡、恐懼忽然來襲的時候想起我，無法想像我曾一個人坐在那裡。

那天早上我剛做完第八次放射線治療，邊走向停車場邊回覆她，沒有什麼啦、沒事的，時代不一樣了，重病都要變成文明病。她接著問起我在哪裡看醫生，想要多方確認狀況，將我的就診醫院和主治醫生的名字告訴她後，她馬上預約掛號。

幾天後她又傳來訊息，見到醫生了，我跟醫生說我是妳的朋友，醫生馬上說，噢，她很可愛、很開朗。我剛做完第十一次放射線治療，開車回家的路上沒有什麼陽光，廣播說近日有許多鋒面成形，午後會有短暫雷陣雨。坐在駕駛座、手握方向盤，毫無預警地我哭了起來。

從醫生第一次溫柔冷靜地告訴我，我的身體發生了什麼事，到執行兩次手術、術後回診、建議做基因檢測和凍卵，期間她最常問我的是，還有沒有什麼問題想問、有沒有什麼想要討論的。我從未意識到，每一次見到她、回應她時我都揚著笑容。我總是笑笑地說沒有。成人有自己的生命辭典，笑容的定義與兒時辨認情緒的學習不同，各自展露的表情，只有自身知道那來自曾經活過的哪一頁。應該要是這樣的，我卻從未意識到，體驗過某種表情帶來安全的對話氛圍以後，會因為依賴那種安全感而讓那些表情成為慣性。

我覺得自己被醫生看穿，她珍視的我的可愛和開朗，是因為知道我以此應對著恐懼和傷心，不僅僅在罹癌這件事情上。單單一句對我的印象的敘述，聽起來就像當時駕訓班的教練跟我說的，沒事，妳很棒。我深知人們覺得我堅強，是因為他們比我害怕、他們心疼，我沒有流出的眼淚，他們都看得見。病發時，病毒在身亦在心，我們的身軀帶著大大小小的苦痛，心又何嘗不是經歷著一場場陽光和風雨。這一遭人間探險，雖說人各有命，卻又因為能夠相遇而感到有幸。

那，醫生有說什麼嗎，回到家後，我再次傳了訊息給她。她回覆，可能因為正在哺乳期，醫生說只是乳腺發炎。

太好了，我以打著這幾個字的手抹去臉龐上的眼淚，真的太好了。

好壞都是我們允許自己去賦予的意義。

41

點燈

動完手術加完成所有療程後，想說要申請保險理賠，幾年前工作比較穩定就由我開始繳自己的保費，這次索性直接把在母親名下的保單轉到自己這裡，昨晚我們相互簽了文件，順便吃晚餐。

母親問著各個妹妹的狀況，但其實，去年九月張凱去外地唸書、今年四月因為地震二妹也順勢搬出去，大家沒有住在一起後，我也說不出太多她們的近況，大約只能說出，喔，她最好像很忙，但忙也好啦，表示生活有在運轉。我感覺到自己正在流失她們的生活細節，家庭式的租屋處變得有點太大了。所以，現在就妳自己唷，母親問。對呀，我說，之後房東要賣房子，我也會搬走，只是還沒想好想要搬去哪裡。

我確實還沒想好自己的下一站，每週都有新想法，每週又都覆蓋上一週。好像不急，但就像海面的另一側有著烏雲，我還能享受一段風平浪靜，卻也無法無視將要暗下來的天空。這樣的比喻可能有著誤區，天空不一定會暗下來，長大後的風雨都在心裡不在表情。

今天在政大文藝營有個學生問我，是否有那種再也回不去、無法像某段時光那樣去寫的時候，我通常是怎麼面對的呢。我安靜了幾秒鐘，說，當然有呀，最直接想到的是我在英國的日子，但其實，不只是在英國，去英國前的種種，也都沒有辦法再回去了。意識到生命的流動、意識到自己正跨度到不同階段，那令人充滿不捨，卻又為自己還能持續創造感到慶幸。

無論是去年底新考到的駕照、回到自己身上的經紀約，還是從母親那裡接過來的保單，一站站似乎都是隱喻，所有際遇都指向我終究要走上的另一種生活的新。我想我已經足夠獨立——如果獨立是能夠負擔孤獨與自身不同面向的責任，但偶爾、偶爾還是會有悵然若失的感覺。

我想到多年前也有過這樣的感覺，就跑去某個海邊的青旅住了一週，每天看海看日出，然後某天終於流下眼淚時寫了：「我們原來是為彼此點燈的人，人走了，燈仍會熠熠地亮著。我看見自己的路上有好多盞溫柔的人為我點的燈，卻是走了好久才看懂，萬千燈火，浮生若夢。」

現在不像那時候了，沒辦法放下工作就跑掉，也沒辦法放下暮暮，所以那天一個人慢悠悠地搭上公車去鬧區吃飯、看電影，然後喝了喜歡的奶茶（無糖），當作為自己點燈。

昨晚分開前母親說，我們來拍張照。我戴著眼鏡和鴨舌帽、穿著棉質休閒洋裝，也沒有化妝，整個人樸素無趣，但這些好像沒有那麼重要，我們一起看著鏡頭，拍了幾張。道別時她說，下次再來找妳吃晚餐。好啊，我笑著揮了揮手，回去小心喔，我說。母親到家後把照片傳給我，我回覆她，我們的眼睛好像喔。

我們活過的時代、看過的世界不一樣，但當我們面對面坐下來看著彼此、閒聊近況，在某些瞬間我們看對方的眼神是相像的，像是，好啊，下次再一起吃晚餐吧。

42 / 小冰塊

搬回原來的房間後，零亂的丟在身後還不想整理，天空一片藍天白雲，索性趴在窗邊看書，朋友打來電話，說起她的焦慮。

只是靜靜地聽父親彈吉他，對於此刻總會流逝的認清總讓她分心；理想戀情明明就在手邊，卻又患得患失；工作的動力在熱情退去以後，該以什麼再支撐下去；然後還有，她說，還有妳，我也害怕失去妳，或是讓妳失去我。

年初被診斷罹癌，告訴她的時候她直接打來電話，我不能想像沒有妳的日子，妳要長命百歲。聽著她真切又恐懼，我說，沒事的，現在醫學發達，很快就會沒事的。除了要自己消化這些情緒，知情的人亦有他們承受著的難過，終於也蔓延、回到我這裡。

「有時候我會想，妳失去的太多，多到我無法理解、無法同理，所以很多時候我沒有辦法說出安慰的話，我覺得我沒有辦法安慰妳，這讓我感到很難過。」她說。

「可是，妳還是支撐著我。」我說：「前陣子搬去臨時租的房子，忘了冷水壺放在哪裡，只能在每次煮完水後等它變涼，如果當下真的很渴、或是一定得喝水，我就會倒一杯然後加幾顆冰塊，最上面的水會在一瞬間降溫，我會趁機趕快喝一口，因為冰塊全部融化後水又會熱起來。妳就像那個小冰塊，妳以為自己給我的這些沒有作用、一顆冰塊無法顯著改變溫度，但其實，當我一定得要喝下這滾燙的人生時，還好有妳，讓我擁有那短暫的、涼爽的空檔，讓生命得以入口。」

我聽見她擤鼻子的聲音。

「我也是妳的小冰塊哦，我說，我無法改變妳生活裡熱熱燙燙的那些事，但當妳需要時，我願意做妳的冰塊。」我笑著說。

親臨失去而帶來的焦慮，是因為一次次從中窺見人生的無常原來這麼近、這麼細密、這麼巨大。從穩當的生活開展出成長的時節，走近無常才真正看見自己和這個世界的羈絆——與這個世界的羈絆更深厚，才會更感覺到它的無常。

電話掛上時天空被一片不知道什麼時候飄過來的烏雲覆蓋著，我看了一眼，繼續讀看到一半的書。無論窗外晴雨，此刻我風平浪靜。

生活仍然平淡微小，
但只要彼此還擁有連結，
這些可愛就仍然存在。

43 / 三十二

在英國生活時的室友阿可傳來訊息，祝我三十二歲日快樂，接著問我最近過得還好嗎，生活狀況有沒有好轉。我苦笑地回覆她，我得了乳癌，二期。才驚覺原來我還沒有告訴她，生命的漸進就這麼把曾經並肩的日常變成了遠方。

她一下子問了許多問題，有沒有覺得哪裡不舒服、需要做什麼療程，並表達很遺憾聽到這個消息。我說，不用擔心，雖然是機率很低的組織病變，但機率很低的不用化療也被我遇到了，算是不幸中的大幸。

三十一歲就這樣過完了。

我告訴阿可，也許壞事和好事攀疊在一起才是命運，戰士閃閃發亮是因為懂得苦澀。就這樣再失去一點、再失去一點，直到這些失去變成星點，我的身軀是巨大的黑夜，我的雙眼，一隻太陽一隻月亮。終於在更迭中看見，成長帶來的明媚不是日子，而是眼神。死亡、金錢、健康，我失去得越多，就發現自己擁有得越多。我有時候會抗拒這種覺察，卻又需要透過這種敏感去感受到愛和支持。像是如果不是因為想念乾媽而去學開車，要做放射線治療的時候就得要搭著大眾運輸或是勞煩他人；像是再一次被母親的決定影響時，我已經有能力可以從複雜的情感中讀到單純的愛。

以前總希望自己有智慧面對失去，但其實更需要智慧去面對的，是失去後的生活、失去衍生出來的情緒和狀態。如果都要有影響，我希望自己能試著創造好的影響。因為醫生曾說我，餘命還長；因為這些噩耗是我的，這些愛也是我的。

44 / 還好是夢

我又做了那個夢，貓咪又不見了。

如果這些也是夢就好了，我醒來時還能感覺到心熱熱的，我的三十代，仍充滿幸福和希望，風光明媚。可就算不是夢，這些得失恐怕也都普通得令人無從命名——獲得的和失去的無法相抵，讓我變得特別的是生活，讓我變得普通的亦是生活。

我疲憊地坐起身，天仍然是暗的，暮暮仍在我的腳邊，摸到他的時候我心口一擰，酸澀酸澀，又暖呼呼地。

還好是夢。

輯
四

從前是
嫩綠色的

後來卻不是深綠色或深的其他顏色。

後來就只是，包含著嫩綠色的多種顏色。

然後我們終於能夠理解，

成長就是淹沒在自己所擁有的永恆之中。

-65

/

2022.02.27

這兩天難得的好天氣，趕緊洗衣服、被單。也趁難得的連休日開始著手房間大整理，應對著去英國的日子，台灣的天氣有些東西不適合久放或悶著。

平常的午後我要麼有約或是去工作，要麼待在房裡陪暮暮睡午覺，一邊寫點東西或處理雜事。這兩天我走進走出，他兩隻眼睛瞪得大大，捱在腳邊喵喵叫，或是一本正經站地在一旁看著我。我懂他的意思，妳沒出門，也沒陪我，是不是今天就要走。

我說了幾次，暮，你去睡覺，我都在這裡。他不相信。我要真的坐在床緣，他才會跳上床，走到他平常睡午覺的位置。坐著一會兒看他沒出聲，眼睛瞇得快要睡著，我就輕輕地起身，繼續整理，五到十分鐘，他發現了，走出房門看我在哪裡、在做什麼，又是一雙瞪得大大的眼睛，就這樣來回好幾次，最後我索性坐在床上寫下這篇。

所有對於變動的想像都有局限，對我對他都是，一想到當要開始去體會新的感受而我並不在他身邊，心就發酸。我還有這麼多，我有過這麼多，這麼多能夠支撐我的人事物，他可能就只有我了。

一邊聽宮崎駿的配樂一邊看著窗外的藍天，有他的日子都那麼好，就算那是捨不得，也仍然，那麼好。

-64

/

2022.03.18

今天把原有的約都暫時推辭，因為要處理的事情有點多，忙了整天，才終於回到房間發呆。

這陣子常常會想，我有沒有真的很想吃什麼、很想去哪裡，但在越靠近離別時刻，越想重複的是原有的生活。忽然理解《Don't Look Up》明迪博士在末日最後一刻的選擇，相聚著的晚餐、所有的對話都像是還有明天。

「沒有覺得這是要說再見的聚會，這就像我們平常會相約的聚會一樣。」那天他說，然後我們彼此擁抱，一如往常，沒有深一點也沒有淺一點。

活到此刻，已經懂得幾年的份量，懂得何謂分別，真的沒有那麼沉那麼重。我多喜歡，一天天見的一個個人，都不是道別，只是再重複一次日常。

那時候日子太好，
挫折都是甜的；
後來的日子太壞，
美好都是痛的。

-63

/

2022.03.23

剛出社會某一年生日，問她能不能陪我過，她毫不猶豫答應，於是我們搭上捷運到淡水去看夕陽。我不是個特別要過生日的人，那陣子大概就是想念她了。前幾天問她要不要去大稻埕看夕陽，她仍然馬上答應。見面時她說，妳還記得我們有一年跑去淡水看夕陽嗎。我說，記得啊，所以我才約妳來大稻埕看夕陽，因為我們現在沒有時間跑去淡水了。說完我們都露出笑容。

今天跟她走在鬧區，問她對晚餐有沒有什麼想法，她說有兩個，一個是以前我們常去的餐廳，她還沒說另外一個，我就先說，好，就這個。菜單沒什麼變，我點了以前常點的餐。曾經以為什麼都沒變，會不會危險，但現在覺得，有些事情沒有變，滿好的，我說。

搖搖晃晃長大著，普通的那些在某一瞬間都變成了記憶裡美好的時刻。我在想一個人若能夠心甘情願地長大，是因為那顆純淨的心曾經被珍惜過吧。

-62

/

2022.04.03

原訂明天開始繼續整理房間，前些日子大概只處理了一些小地方，但記錯跟朋友相約的時間，就提前一天開始整理。有一種要搬家的感覺，已經很久沒有這樣了。這十多年間的前三、五年，總是在搬家，搬到在日常中有意識地淘汰東西變成習慣，有時候朋友來我家會說，妳的東西不多欸。我總說，其實很多，只是知道怎麼收，才能在下次搬家的時候方便一點。

以往留戀根的概念，覺得若被連根拔起，也要重新找到一樣的土壤，希望有同樣質地的水和陽光。這陣子新事物還沒開始，在道別中我就悄悄改變了。也許有些人，天生，他的根就得自己種。從前有其限度，從前的心智與想像，無法容納內心以為渴望的願景。這種認清是極度的幸福，極度的幸福裡包含酸澀的淚水。未來我想要的，也會是這種幸福，不是棉花糖或巧克力，而是這種，聽音樂的時候會有想哭的感覺，看著心愛的貓咪會有想哭的感覺，但並未想要暫停。

暮整天跟上跟下，有時候爬到衣櫃的最上面看著我，有時候跳進我正在收拾的箱子，我看他的時候，他會發出一個非常細微的聲音，那是只有在撒嬌的時候聽得到。大概是要我陪他睡午覺，我收拾到一個段落，喊了聲他的名字，他跑過來，我躺在床上拉開被子，他馬上鑽進來窩在腳下。還有一段時間才要出門赴晚上的約，其實可以繼續收拾，只是更想多陪他一下。

2022.04.15

以前住的地方後面有一個國小，國小旁有一個小小、不規則的停車場，是深色的石子地，每天晚上停車場會變成空地，空地會出現賣炸臭豆腐和大腸麵線的一家人，烹煮區在一個卡車後座，座位都是臨時的。

每次去都要排隊，但人們都甘願排隊，他們只賣臭豆腐和大腸麵線，泡菜吃完了可以免費再加。通常會是學生和下了班的上班族，圍著不平穩的鐵桌，互相傳遞著兩種辣醬，或是起身跟老闆娘加泡菜。整個小空地只有一兩盞路燈，大家的臉都暗濛濛，人聲嘈雜，天冷時特別溫暖。

那是我吃過最最好吃的炸臭豆腐。

幾年後空地消失，也許是因為都市規劃，他們搬到一個小店面裡，多了一個陌生的店名，終於出現在Google地圖上。店內幾乎沒什麼裝潢，鐵桌變穩了，客人變少了。今天跟張凱一查，店名還在，但已經永久停業。

因烏俄戰爭影響到簽證發下來的時間，多出來的一週，開起了台灣小吃巡禮，臭豆腐、大腸麵線、蚵仔煎、肉圓、潤餅、紅豆餅、甜米苔目冰、地瓜球、豆花、仙草、大腸包小腸……每天吃一點點，不知道何時已經開始注意身體的負擔。

今天回家時張凱開著車，窗外飄起小雨。我們聊著那個國小、附近的夜市、空地的炸臭豆腐，許多食物早就因為健康而不再頻繁攝取，是味道附著在記憶之上，才令人神往。味道不像音樂，能單曲循環，而味蕾改變，也是一種消逝，在無數種消逝之中，飲食在某些（例如想念的）時刻成為了記憶的延續。

-60

/

2022.05.06

四月在等待中過完了。

有些魔幻，每天都在查看信箱，每天都在等。失落卻一點一點變平，不捨也是。情緒有著期限，偶爾也會在同質中變成新的常態。

懸著的時候也做了許多事，疫情還沒升溫時，有好幾天跑去找各式台灣小吃，後來儘量在家，看看電影影集、時不時東收收西弄弄，到處瞧瞧這屋子還有沒有哪裡需要整理，但又不能整理太多，因為不知道是不是幾天後就要飛。

所有常用的物品都已經收進行李箱，於是開始用各式各樣的贈品，洗髮精、洗臉慕斯、帶出門的包包（帆布包贈品）……用一用還會忘記現在行李箱裡到底裝著什麼，人應該不需要這麼多東西吧。

除了寫作，腦袋轟轟轟地想了好多事情，實在沒有辦法靜下心書寫，索性就任著思緒紛紛，某些時候覺得無比興奮，像偷到了時間，某些時候又很沮喪，知道不會遙遙無期，但害怕時間被虛度。

這幾天已經收到線上課程的時間和上課連結，學校的積極協助讓人安心許多，也重新意識到這並不是常態。暫時，以往實在不喜歡暫時這個詞（現在也沒有很喜歡），為什麼事情不能確定、想法不能確定、感受不能確定、關係不能確定。沒有去處理的暫時往往會變成新的常態，我害怕那樣，害怕在新的常態發生以前，自己總是束手無策。就算不是永遠，我也希望能知道期限。

忘了在哪裡寫過，有時候比起找到能相信的事，更想找到能確定的事。事實上要面對的不確定也數不完，除了自我的彈性，是很多已經被確定的事，讓飄忽的心還是能有平靜的時候。

大小行李箱都差不多收好要闔上了，物件的取捨之間，也有了心念的取捨，什麼要帶著，什麼要放下，越反覆思量反而越輕便，大概旅程早就開始了，這些都是旅程的一部分（但還是希望實際物理上的旅程可以快點開始）。

-59 / 2022.05.13

真正開始感覺認識張凱，是大約十多年前。雖然我們是出生就一起生活的親姊妹。

那時候我還住在台北鬧區，她在其他縣市唸大學，某次她說，不知道自己可以在哪裡過暑假。我就說，來我這吧。雖然只是一個小房間，我整理了一些空間給她，她把東西搬來時卻說，不用啦，這兩個月我就用紙箱，兩個月後再搬回宿舍。我的房間是單人床，那個暑假，她都睡在我旁邊的瑜伽墊上，頭頂上方是她帶來的兩個紙箱。

後來我買了雙人床、可以收納的置物架。雖然她只有偶爾的週末會來台北找我，但我希望只要她在我身邊，就有床睡、有可以放她的物品的空間。因為知道了她是這樣的人：當她心裡有傷，她不會波及妳。

後來搬到十七樓，房間有一部分要變成當時的工作空間，實在放不下雙人床，我就買了單人加大。那天我除了約張凱，也把另外兩個妹妹約來，整個房間裡只有一張加大的單人床，我想讓她們知道，任何時候，來找我，都有地方可以睡。

搬到十七樓後一年多，張凱也搬來了，住在我隔壁。忘了已經沒有共同生活幾年，花了非常多時間磨合，大吵小吵都沒有少過。但有一次我問她，在爭執中曾有過想要搬離的念頭嗎。她說沒有，因為她知道這些是互相——透過有效的爭執，知道和彼此相處時需要哪些互相。

幾年後我們一起搬到現在同住的八樓，一起添購傢俱、家用品，一起摸索想要的生活樣貌。我們是截然不同的兩個人，但她真的是和我最最互相的人。在有著彼此的充滿安全感的生活裡，我們對世界的探索、在外面受的委屈，總有人分擔。我是一個極需個人空間的人，張凱深深知道，所以有很多時候我們的分擔不是陪伴，而是放心地讓彼此獨處。

原本張凱想要在我出國後自己去旅行，結果我因為簽證延後起飛，變成跟她一起跑去山裡小旅行。她說，我什麼都不用準備。她自己跑去買菜，旅行前一天在廚房邊準備食材邊唱歌，隔天開車載我上山。

我們也沒聊什麼內心話，日常裡真心相待，真心已是日常。她煮湯、熱茶，給我吃預先切好的芭樂。下大雨就躲雨，看著霧濛濛的山。有幾度很想哭，因為一直知道她是這樣的人：當她有愛，她會分給妳。

零零散散地寫，最近的創作組織力尚佳，仍想記下。一起生活了七年，接下來又要分開生活了，雖然我都還沒到英國，她已經訂好要來英國的機票。總是跟她說，這幾年應該是我生命中最幸福的幾年了吧。不知道未來會如何，但有妳一起成長的日子真好。

-58

/

2022.05.14

上了一週的線上課，用破破的英文介紹自己、討論一些有趣（或困難）的主題；能力跟不上想要表達的，就試著向學校問書單；忍不住想要寫小說的時候就想著，要不試試用英文寫吧就算不順暢（結果只寫了一小段）；好奇別人怎麼寫英文小說，就開始試讀英文小說的電子書。而捨不得的情緒結束了，雖然還在這個房間裡；好或壞的情緒無論是否能夠收束，都已經有更重要的東西需要啟動。

感覺很奇妙也很自在，大家不知道妳是誰，只能透過另外一種語言去表達、呈現自己。把時間花在非社群與非中文創作時，有一種輕飄飄的感覺，不確定原因，慢慢去感覺，才知道那是新的、另外一種生活，而我不確定對原有生活來說，變動與缺席是否會讓自己錯過什麼。

花了一點時間到處逛逛社群上他人的頁面（眾親友與眾網友），變得有些疏離，同時也意識到，這樣的疏離亦是一種健康，每個人都在生活裡時而埋頭、時而望向四周，時而羨慕、時而富足。社群生活大抵應該如此，用於呈現每一份對自我的認真，而不用於令人迷失的比較和追逐（適量而不迷失即可），諸多借鏡與暗處，便是值得逗留同時保持適當距離的原因。

就像有些友誼能夠長存，並非是兩人一直在很親密的狀態，也許雙方關注的事情、在乎的、憧憬的都不一樣了，能夠談論和理解的也都開始產生差異，疏離難免出現，但那好像，也不一定是疏離，只是距離。我的意思是，若兩方都有所意識，並且尊重這樣的距離，那麼便亦是在尊重曾經的親密。經營但不強求，這樣的友誼好像也是一種長存。彼此尊重，便不可惜。

這麼一想，也許我根本沒有錯過什麼，因為我已經在自己選擇的路上。也許那就是我的根、我的枝幹、我的葉子和花朵，也許那就是我能夠遮風擋雨、能夠被搖晃，有時候會凋零，但不會被撼動的地方。

-57

/

2022.05.15

此刻多麼迷人
此刻造就了未來
你將如何想念我
我將如何想念你

-56

/

2022.05.23

安全抵達英國了。

原本預計四月初就啟程，整個三月都在好好道別，雖然有些人仍沒有見到，心裡也還是有捨不得，並不是要踏上轟轟烈烈的旅程，我心底總是這麼想，這是人生中的一個長假，有好的複雜和好的寂寞等著我，所以捨不得，捨不得累積著的時光，從另一個國度觀看時，會變成小小的、零散的點。

因為疫情，桃園機場的電子看板上顯示的班機只有少少幾班（甚至沒有第二頁），往常會開的店也全部緊關著門。一到報到處，地勤人員攤開我的簽證，然後喊了我的名字，她的口吻是熟悉的人，喔，天，是大學同學。原來妳是今天飛，她說。她幫我把位置換到整排沒有人的，然後在我的機票上寫著「順飛」。兩個妹妹對我說，這感覺就像在台灣的最後，都有人在照顧妳。

離開這天是五月二十日，天氣陰陰的，我整天都在聽莫文蔚的〈這世界這麼多人〉和Coldplay的〈The Scientist〉鋼琴混小提琴版。一上飛機，就繼續單曲循環著〈這世界這麼多人〉。

沒有哭，不知道是不是捨不得的情緒隨著被拖延的簽證也變淡了，沒有想哭的感覺，心裡還是惆悵。我拿到簽證的隔天就飛了，明明知道這是遲早的事，還是會有突然的感覺。等轉機的時候我在重看《原子習慣》，感覺很適合一個新開始。後來有點想睡，瞇一下後拿出張凱寫給我的飛機信，眼淚才啪啦啪啦地掉，翻出手帕擦眼睛，睡了一覺竟然就有眼屎，自己笑出來。張凱在信裡寫著，她不知道怎麼說再見，我想能夠又哭又笑，就是最好的道別。

語言學校多數是泰國同學，第一晚她們請我吃自己煮的泰國菜，問我平常下廚嗎，我說會，但只有普通廚藝，不太會道地的台灣菜。大家很可愛，可是語言的隔閡沒有辦法忽略。其實很高興沒有遇到台灣人，這種感覺正是好的複雜。

因為時差，吃完晚餐我就快睡著了，隔天凌晨三點多就醒來，醒醒睡睡，早上七點決定出門晃晃，學校好大啊，明亮而不悶熱的太陽，我東走西走，到處都覺得夢幻漂亮。我真的在異地生活了。有一條馬路旁應該是棉花樹，滿天的棉絮飛呀飛，我站在那裡看了好久。忽然車子駛過，左邊駕駛的位置沒有坐人，噢，不對，這裡的駕駛都坐在右側。我真的在異地生活了。

張凱說暮暮很坦然接受，或是說，除了接受也沒有別的辦法。離開時他一如往常在睡午覺，我說，我要去英國了喔，就是現在，有一天就是今天喔。他睜著眼睛看我，沒有闔上，我知道他聽懂了，然後我親親他的頭，親得比平常久。再看他的時候他緊閉雙眼。我要走了喔暮咪，我說，再見。他一直沒有再睜開眼睛。

在飛機上恍惚地寫了一些小東西。

「當我想起改變這兩個字，已不如從前覺得那會有多劇烈，我已經知道改變是嬗遞、漸近，是一個個小細節，把一個人、一段關係換成另外一個人、另外一段關係。一個人身上有熟悉與陌生疊加，那是改變，是我們再見到彼此時才會察覺到這一段時光，原來你是這樣度過的。」

「我不怕流淚，因為我是有愛的人，有那麼多人正愛著我、而我亦有愛能夠給。」

「人生的輕重是因為牽掛。」

所有從很早以前就開始了，此刻的親身參與於是顯得靜謐悠長。

總之，肯特大學在可愛的山丘上，早上好適合慢跑，真好（雖然其實我一開始是想著，哇天啊，應該可以寫出超多故事吧，但話還是不要說太早）。

-55

/

2022.06.03

每天早上都是六點半的鬧鐘，賴床到七點，梳洗保養、吃早餐，八點四十散步出門，九點上課。吃早餐的時候心總是很靜，看著窗外的藍天，有時候飄雨，一天要開始了。有幾次忍不住想，這樣的我怎麼會知道，未來有什麼正在等著我。極大的噩耗、極大的喜悅。不知道。愛是那麼尖銳的東西，還是會伸出雙手擁抱。我愛的是我小小的生命。

這幾天適逢英國女王在位七十週年盛典，有了四天假期，昨天與一個泰國女同學、一個日本女同學在共享廚房邊喝啤酒邊聊到凌晨。我們聊關係、聊朋友是什麼、聊自己的社會，聊為什麼二十五歲前會和二十五歲後不一樣，聊家庭對一個人的影響、聊性別，聊困難在人生中是怎麼樣的角色。不再只是說著這個泰文怎麼念、我曾經去過日本。

她們都是英文比我流利的人，我都聽得懂，表達就差強人意，但在昨晚，沒有人糾正我的文法、沒有人指出我的語序哪裡錯了。我並不是說這不重要，而是我一直害怕，若要擁有一種語言能力，這是最重要的事，事實上存在著更重要的東西。一開始的我太害怕了。

這週跟老師一對一對談時，老師跟我一起檢討上週的作業，他說，妳已經能用正確的詞彙表達自己，讓別人理解妳想要說什麼，這是最重要的，文法頂多一些時態上的小錯誤，但這不是妳主要要進步的地方，文法就繼續熟悉、學習，而妳可以更好的地方，是讓自己的語感更順暢，這可能會花上妳很長的時間，但確實，這就是妳的下一步。

今天早上和朋友分享這些小事，我說——以前我認為，當妳覺得某件事很重要，就會想要把它做到完美；現在卻覺得，若妳覺得某件事很重要，妳就不會介意它有時候並不完美，因為知道最重要的不是那件事，而是能夠去做那件事的自己。例如我應該要最在乎的不是我的哪一本書寫得不好，而是能夠寫出那些文字的我。如果我太要求某一本書一定要完美無缺，我可能就寫不出下一本、下一篇甚至是下一段重要的篇幅了。

現在是英國時間晚上九點三十八分，天還沒全黑，大概像是台灣的傍晚再晚一點點，那種灰藍色的天空。沒有發生什麼很夢幻的事，感覺每一天發生的，都是每一天應該發生的事。說不上來過得很好，還在定錨，但過得很不同、很勇敢，每天都不是很舒適，但都有值得高興的事。

（明天要去倫敦玩！）（好想吃粽子……）

-54 / 2022.06.17

我的大姑姑住在英國，這並不是我前往英國留學的原因，但我的人生確實受她影響很深。

在父母離婚後，照顧我最多的就是大姑姑，那時候她幾乎每兩週就會打越洋電話給我，用的是Skype，每次顯示的號碼都不一樣，但只要是一串奇怪的號碼我就會知道是她。我並沒有每一次都接電話，年輕女孩的心思，脆弱得不知如何應對才適切，只能以斑駁的生活實踐去探索，探到的是什麼，就成了回望人生時的深刻記憶。總之，有時候跟姑姑吵架，有時候跟姑姑說電話說到淚流滿面（但沒有讓她知道），每當她問我過得好不好，我都說，很好啊，沒事的，不要擔心。然後她會說，妳才是，不要想太多、不要擔心太多不屬於妳的責任和課題，想要做什麼事就去做。

大姑姑的事業與我是完全不同的產業，長輩總是怕晚輩吃苦吃虧，又希望晚輩有足夠的智慧去體會受傷，有一段時間我就聽她說她想說的，但不全然接受（當然也沒有讓她知道）。所以曾寫過一句，收下對方全部的善意，但不一定要收下她所有的建議。於是她分給我的不是她的羽毛，而是我能飛也能跌的安全感。雖然這麼說，但其實我一點也不想讓她知道我如何、為何摔跤。我不想被擔心，被擔心，彷彿就表示我沒有辦法好好照顧自己的生活和人生。

這種，某種難以言說的距離，也讓我忽略了瞭解她的機會，但當下，自己的難題近在眼前，何以知道要挪出心力去瞭解另外一個人。把自己說成這樣也許極端，這些年她如一盞不會熄滅的明燈，我藉此取暖、端看自身，真的有太多次忘了抬頭。

九年前她邀請我來英國過寒假，那時候我二十初歲，她說她家附近的某一個公園裡有梅花鹿，空了一天帶我去看，結果根本不是附近，走了超遠的路，她卻一臉輕鬆，我倒也不是真的疲憊不堪，只是驚訝她這麼有能量。還有一天她說她要在家裡打掃，給了我一些錢，要我自己去鎮上逛逛順便吃午餐。那天我走去一家叫做AQUA的餐廳，點了瑪格麗特披薩（因為我只看得懂瑪格麗特的英文），一個人坐在那裡，心裡突然冒出一個念頭：以後我要花自己的錢去世界的更多地方。

這週語言學校的課程有個期中小假期，我坐上巴士晃呀晃地去她家，待了一個禮拜，手機儘量放在房間，看她做菜、吃早餐，聽她說話、分享家裡的大小事。然後某天晚上我跟她說，這次，我是花自己的錢來看妳了。當有能力去掌控自己的人生時，我才抬起頭看向她，然後發現，她已經老了。

這次我們沒有走去看梅花鹿，仍然散了很多步，她帶我去斜坡上看夕陽、看整個布里斯托，也帶我去看電影、吃生日餐，我們還買了一件一模一樣的外套，她說這樣她穿的時候都會想到我。散步途中她會需要休息，替我倒水的手會抖，下樓梯時她會讓我先過，因為她得扶著梯桿慢慢走。從年輕時開始，她就規律地上健身房、爬山、散步、騎腳踏車，多麼努力在維持，有時候我走得慢慢地，在她身後看著，心裡會酸。愛是回過頭時發現自己如此捨不得。

我們的價值觀有許多不同的地方，但每次都能感受到她的愛穿過重重難辨的思想來到我身邊，待我慢慢長大後在生活裡咀嚼，才慶幸儘管這些都不容易，我總是、已經盡力去收。

好幾次散著步時，她說，以後我們要一起買房子，住在樓上樓下。我說，當然好呀（暫時先把房價現實放在草原盡頭）。其實我們誰也不知道往後人生的模樣，但我在想，我們愛人的模樣大概就是我們人生的模樣。

那天下午她訂電影票的時候坐在她的書房，手機播著老歌〈魯冰花〉，我站在她身後，多麼可愛的根啊，來自那個鄉間小路的我們。謝謝生命裡有一個這樣的大姑姑。

-53

/

2022.06.19

英國的生活滿一個月了，雖然有許多不適和零散的寂寞，但有更多的自在，每一天說出口的英文都充滿錯誤，而每一天都再一次、再一次開口。就像寫小說、就像這一路以來我能想到的最好的成長過程。

想想能夠允許自己犯錯實在是很幸福的事情（不是指那種 @$#*+&^ 錯誤）。想到那天在姑姑家的某個早晨，姑丈問我咖啡要多濃，我說我不確定這款咖啡多濃是我喜歡的。姑丈說，沒關係，**trial and error**。

我一臉問號（他是英國人有好聽但我還在適應中的英國腔）。他說，意思就是，這次試了如果發現不對、不喜歡、不正確，那下次就換一個方式。當下內心澎湃萬分。很多事情沒有下一次，但我知道也有很多事情有、這件事情有，所以我想繼續創造每一個下一次。

-52

/

2022.06.25

三十歲生日這天在圖書館度過。在寫一個題目很有趣的小論，討論獎賞與懲罰對孩子的影響，查到一個研究提到，懲罰的長期影響是到最後，孩子會因為習慣某些懲罰，而不願嘗試新事物，因為他寧可面對不好受但相似的結果，至少他已經知道那個結果的感受了，意思幾乎是這扼殺了一個孩子的創造力。當然獎賞也有缺點，那個研究在最後提及，獎懲要關注的是使用之前是否充分瞭解它們的影響和限制，且獎懲都是暫時的。

對這一段特別有感，一個人碰碰碰地來到英國生活，從工作狀態回到學生身分，重新體驗校園與同儕，他們不是妳的家人、朋友，不是妳的讀者、工作夥伴，每個人有自己的原點與理想，但每一天都一起攀爬語言的高牆，試著更靠近某處和彼此再多一點、再多一點。這是完全嶄新的。我才意識到成人世界裡，若習慣於某些窠臼裡的不適，也是一種創造力的遺失。

這好像是最好的三十歲生日禮物：保護自己的創造力。因為還有長長的人生想要去體驗，不只是書寫、不只是生活，不只是身分、不只是山海，這些都得透過自己去創造。

於是我買了黑色的圓形貼紙、透明塑膠杯以及不鏽鋼粗吸管，茶葉、牛奶、砂糖、即煮珍珠，在三十歲前夕、半山腰上的學生宿舍裡，煮著人們一見到我都會先聊起的珍珠奶茶。我將同學們的名字寫在貼紙上，一人一杯，並把吸管送給他們，當作禮物。那天晚上大家說要一起吃飯，沒想到每個人都煮了一道菜，十幾個人窩在小小的共享廚房裡。

我曾想過很多次，三十歲生日該要怎麼過，以標記自己一個階段的結束或開始。實際走向這一天時，才發現就算是開始或結束，也沒有什麼轟轟烈烈的地方，沒有特別悵然，反而很高興，新事物永遠在發生，我也擁有著值得回味的過去。

沒有人會遞來真正的甜蜜，
都是自己從日子的悲喜中做的最後定奪。

-51

/

2022.06.27

早上開始大家一團亂，先是收到奇怪的電子郵件說改線上上課，再來得知老師確診。上週開始確實班上有幾個同學陸續小感冒，線上課程是代課老師，草草結束，另一個班同一時間仍在上實體課。我趕緊拿出在台灣時準備好的口罩、快篩、中藥，去找已有症狀的人，結果一個確診，一個只是感冒，一個說是好得差不多了、我還來不及找到他，他就已經衝去市區幫大家買更多快篩。

我幫確診的女同學快篩完沒多久，跟她說我們必須告訴大家，她點點頭後就跑回房間，我看狀況不對，回房間戴上我的口罩，跑去敲她的門，一打開門我看見她淚流滿面，一直道歉，說怕大家都疏遠她。我抱了抱她，她哭不停，然後說沒有人會想跟她去看演唱會了（我們原本週三要一起去看 Ed Sheeran 的演唱會）。我說我最想跟妳去了，所以妳要好起來、妳會好起來的，病毒無所不在，這不是妳的錯。然後我給她幾包我的中藥。

安撫完她後我打給有症狀的男同學，他在電話裡就一直道歉，說他是第一個有症狀的人，他覺得很抱歉。結果測出來他是陰性，但陽性的地方有一條很不明顯的線，我們兩個都不確定，我說無論如何都沒關係，你太緊張了，不要慌張，這不是任何人的錯。他說他想等買快篩的同學回來再測一次，我說當然好，然後再對他說了好幾次，無論結果如何，都不是你的錯。接著我在課堂群組中告訴同學們這幾件事，也跟大家說如果有需要快篩請趕緊提出，去市區的同學也馬上回覆價格、詢問大家要多少快篩。

回到宿舍後，換我幫自己快篩，陰性。鬆了一口氣。其實也沒有什麼症狀，只是大家上週還一起吃我的生日餐，總是要謹慎。然後我把我剩下的快篩趕緊分給其他同學，大家一一將結果拍照傳到群組讓老師和其他同學們安心、至少知道狀況。

晚餐的時候在共享廚房，每個人都保持距離，其中一個女同學問我，是妳幫大家快篩的嗎。我說，對呀（我今天戳了四個人的鼻子）。她說妳怎麼敢。我說沒關係，因為他們看起來很自責很緊張。

抵達英國後，從下飛機那一刻我就沒有再戴口罩了，一開始覺得非常赤裸且奇怪，又害怕自己無意間也中標，沒想到就這樣遊蕩了一個多月，去了倫敦人擠人，也去了好幾個不同的城市，目前為止都完全沒有不適，不知道是免疫系統真的不錯還是疫苗很有效（話還是不敢說太滿），至少這個月吃得健康、儘量睡飽、日常生活保健品維他命之類的都有乖乖吃。

我不會說這裡的人們都無所謂，至少沒有看到有人在路上大咳嗽，生病了大家就趕快回家自主健康管理。但是來自還需要天天戴口罩的泰國、日本、台灣的我們，事情一發生的當下，既有的恐懼仍迎面而來。

不確定是否因為 Covid 也幾年了，還是我也改變了，並不是不害怕，而是看著他們自責我更心疼。

想想帶這些備用藥是為了不時之需，心底並不希望用到，但若需要用到的時候，希望自己是溫暖地去使用。好難形容何謂溫暖，但盡力這麼做了，也知道這些前提是把自己照顧好。只是不知道有沒有傳達出去。

今天一直有想哭的感覺，尤其當那個確診的可愛女同學打開門淚流滿面的那一刻，儘管戴著口罩我也知道她無法停止流淚，我們在離家如此遙遠的國度，所有熟悉的支持都不在身邊，擁有的只有剛認識沒多久的彼此，誰知道誰到底是什麼樣的人呢，不知道，不知道，但當下還可以擁抱，還可以相信這些陌生裡都有善意，這一切就沒那麼可怕了吧。

想到我給了她我的中藥，我說這很苦，但很有效。她說她很努力在吃。我說妳是戰士耶。她說，戰士有時候也會遇到苦澀。我心裡重重的某一塊化成一團可以散去的霧。我說妳這個句子很適合放在書裡。她說她很高興可以成為我的書的一部分。我說我很高興可以成為妳在肯特的一部分。

真正難的不是Covid（是英文？），我相信我們都知道，在原來的世界，也許隨時都可以是自己、是別人的戰士，因為知道如何施力、如何的勇敢不會自傷。最苦澀的是一粒不安只能溶在這人生地不熟的地方，只能無法被有效掌握地變得如此巨大。深呼吸，沒事的，戰士有時候也會遇到苦澀。戰士有時候也會遇到苦澀。

-50 / 2022.06.29

日久見人心。

人們開始有了偏好，語言的牆上有門，只是厚重，有些人用力推，有些人坐在門邊。偏好來自目的。獲得學位、練習英文，雖然沒有把既有的生活帶過來，習慣仍在身上，無關好壞，但從此距離產生。

自己也是，觀察但保持善意。有時候內心會酸澀，當泰國、台灣、日本的同學們聊起彼此的社會，泰國同學總是說，你們真的是已開發國家，真好。其實也知道各有各的問題，在那些時候根本沒有階層之感，只是酸澀這個世界之大，大得能容下聽來心會苦的故事。這可能是命運，花花世界的喧譁沒有在我心裡種下太多種子，是為了讓我有空間種植其他東西。我的土壤平庸，可是能夠選擇如何灌溉，這是奢侈的命運。

有一陣子喜歡跟自己玩一個遊戲，見一個人一時半晌，心裡有些初步的想法，然後觀察，有時候驚喜對方跟自己想的不同，有時候慶幸當初隱約的感受都是伏筆，還好沒有忽略。不絕對論斷或分類，讓原型浮現於時間，但也仰賴直覺。在這一個多月裡則覺得這個遊戲有待改善，透澈的眼睛需要更多耐心。看似相同的每一天，都在許多不同的發生中悄悄改變了，無傷大雅的反應，不經意的對話，心真的會緩緩浮現。急躁的快樂不如冷靜的溫柔。

日久見人心，也見自己的心。在某一個轉角落下的東西，原來並未等著誰能夠拾獲、返還，因為有一天我會去取，所以，不要撿，那是我的風霜，可以好奇，但不要心疼。

-49

/

2022.07.05

我是誰
取決於我的心靈
而非言語

2022.07.12

氣溫比預期要高，散步的時候額頭已經會冒汗。經過沒有遮蔭的木桌椅，來自泰國的女同學阿可說，還是去草地上野餐。我點點頭。我們一起走到樹蔭下，坐下的時候有一些花被壓扁了，遠方的天空藍得沒有猶豫。像是一起午餐的情誼。

我們很少直接問彼此，要一起吃飯嗎。通常會問，妳午餐吃什麼，然後走著走著，就一起野餐了。說的話也不多，禮貌而自在，有時候笑得木訥，有時候又笑得誇張。似乎不是用話題去了解對方，而是看見她冒汗時我遞出去的衛生紙，吃完飯後她遞過來的濕紙巾。噢，原來妳是這樣的人、妳是這樣的人。

有一次阿可問我，覺得什麼是獨立。我看著她，問，妳有答案嗎。她說，我覺得獨立是不會受到別人的控制。啊，我點點頭。是我沒有想過的答案。我沒有答案。獨立是需要你還是不需要你，獨立是需要你也不需要你。我不能解釋這些。不是真的不能，而是當我們使用不同的語言去堆疊內心的觸動，解釋就必須穿越這些山河，可是我沒見過你的國度，你只聽聞過我的雨林、未曾撫摸過其中的青苔與氣候。拎著遙遠的來歷，你就在眼前，任何一句話都是千山萬水。

安靜地咀嚼食物時，忽然有一陣微風，阿可停下動作，瞇起眼睛，我也是，我們看了看彼此。說的句子都不完整，可是心意相通。這陣風真好，我說。嗯，這陣風真好，她說。共享的那一瞬間，知道她也從此住在裡面，冷冷的食物都變得好好吃。

-47
/
2022.07.16

為了能夠順利入學，語言學校的同學們必須通過最後一週的英文能力檢測，包含上臺報告、聽力、一篇小論。聽力的其中一種考題是，必須先聽一段長達約十至十五分鐘左右的無字幕短講，中途可以寫下自己的筆記，但不能重聽或按暫停，接著要在大約二十五分鐘內寫出短講的大綱。不同於可以重複練習的上臺報告和有充裕時間可以準備的小論。

距離考試還有一個多月的某天下課，我和阿可聊著哪一種測驗最困難，發現聽力對我們來說都是最吃力的，最主要是人們說著不同的口音，讓英文能力僅是尚佳的我們難以跟上其說話內容。於是我提議，要不要一起練習英聽，阿可馬上答應。

我們約了每週要練習三次，有時候會在我房間，有時候則在她房間，開始前我倆會去將共享廚房的小桌子借搬進房內，甚至準備好餅乾和飲料，每次練習兩支影片，一人隨機地選一支。若選到太難的，就以一支作結。其實我們也不確定自己的英文程度是不是真的因此進步了，那些為了翻越重重高山的時刻，像是獨自的登山者，看到前方、後方，或是身邊有人經過，都會覺得安心——在孤獨的挑戰中，不是只有我在這條路上。

以舊推新，正推長著未曾想過的輪廓，
而自己也樂在其中，真是太好了。

-46 / 2022.07.27

因為實在好想知道肯特大學為什麼願意錄取沒有畢業證書的我，昨天語言學校的課程替我們安排了一個一對一跟系主任的面談，我興奮又緊張地問了好多課程相關的問題，偏偏就忘了這一個，於是課後我寄了一封信給系主任，今天早上收到她的回覆：

「我剛剛看了系統，之前（二〇二〇年）的系主任認為妳的工作和想要再學習的原因非常好，而且很顯然妳已經成功發表了一些中文作品。希望這個回覆有幫助到妳。從妳提供的作品中，我可以看出妳有一些常見的和一些意想不到的想法，能讓讀者感興趣！」

好像一個等了兩年的禮物。原本一切都讓人覺得不可思議，現在則感覺一切都是安排好的，於是從此，嘗試各種方法撇下林林總總的雜念，希望讓心足夠澄澈地去感受並珍惜醒來的每一天。

信件原文為：

I've just looked at the system and the previous Director of Creative Writing (in 2020) found your work and Reasons for study to be very good, and that clearly you'd published in Chinese with some success. I hope that helps. Looking at the sample you provided I can see there were some usual and unexpected ideas that would interest the reader!

-45

/

2022.08.04

中國軍機繞著小島，一早就被老師和許多同學關心。

今天有個 silent debate 的課堂練習，每個小組要寫一個爭議議題，然後所有同學都要在下面留下評論，總共五組。有一組同學寫了兩岸新聞，老師暖心地說，沒關係，這也是很好的練習，因為這就是我們活著的世界。大家笑笑鬧鬧地完成辯論，後來下課時，很多人真摯地跟我說，台灣要加油喔。

那天我一直起雞皮疙瘩，也一直很想哭，人們知道每塊土地都有各

自的問題，我們聚在世界的一個小小山丘上的小小角落的小小教室裡，
世界在很遠的地方，但也在這裡。

-44 / 2022.08.08

今天跟同學們聊了許多語言的話題，突然想到父親會說一點泰文跟法文，我就跟來自泰國的阿可說，以前父親問我要不要跟他一起去學，我說不要，如果知道十年後會遇見妳們，搞不好當時就答應他了。另一個泰國女孩問我，為什麼我的父親會說這些語言。我說，他好像就是想學，他很愛東學一點西學一點。阿可說，妳的爸爸好 open minded。我愣了愣，心裡很高興。

不再與父母同住的這些年，常常與妹妹張凱討論父親帶給我們的影響，其中一個就是勤快。父親是那種每天早上都會去晨跑的人，小時候都是他載我們上學，六點半要出門，他會五點起來跑一個小時，簡單梳洗然後再載我們出門。每次偷懶的時候都會想，啊，要是有父親一半的勤快就好了。

一眨眼我已經三十歲，雖然在這群二十幾歲的同學們之中玩耍常常忘記自己的歲數，但還是能從許多地方看出年紀的饋贈，其中一個就是看懂了父母的愛。他們的愛帶有一種守舊，因為他們的生命在擁有我們之後就完全不同了，那一份愛從三十年前就已經開始。父親的愛便是如此。大多時候他不知道怎麼用新的方式愛妳，就算妳已經長大、已經改變。而我們也已經懂得珍惜他守舊的愛，像是當他熱情地載著一些珍愛的食材到我們住的社區門口（或他有時候會自己寄放在物管室），我們會開心地共享、把它吃完。

去年吧，有一次他打電話給我，困惑地說，奇怪，為什麼每次都可以寄物，今天管理員就說這裡沒有三〇九號。我馬上發現他去錯社區了，因為同一條街有兩個名字相似的社區，我趕緊告訴他。他的聲音仍然困惑。其實我也是，他已經來過很多次了，這是他第一次忘記。爸爸好像老了，我跟張凱說。

雖說他的愛是守舊的愛，但是他的愛並沒有和他一起變老，身為子女的我，早就已經擁有這麼多。

-43 / 2022.08.16

語言學校結束後，我跟阿可決定要當室友，搬到靠近市區的宿舍，兩個獨立套房共享一個小廚房。

「我們搬離校園以後，就不會像這樣隨意出來散步、偶然遇見這樣的夕陽了吧。」某次我們在校園裡散步時她說。

「但我們會遇見其他的事情。」我說。

平凡的傍晚，享受也同時開始想念。

-42

/

2022.08.20

愛對的人、交對的朋友
不需要做大事、說大話
不需要活得那麼用力
就會不自覺地感到幸福

-41 / 2022.08.21

十六週的語言學校要結束了。

最初選擇先來語言學校，最大原因是英文程度不夠好。當時有十週和十六週兩個選擇，沒有任何猶豫選了最長期，雖然簽證會稍微麻煩一點，但偏向依據對自己的了解，適應的時間、胡亂混的時間。

開口只能是英文，殘破的能力是厚重的門，風塵僕僕抵達第一天第一堂課，才坐下兩分鐘，灰頭土臉，老師就說五分鐘後，每個人要站起來分享各自受過的教育系統。依附舊有的問答習慣，趕緊列出架構，不過說完頭更灰臉更土，雖然都是預料之內。我們是這樣開始的。會因為用錯詞、因為難以快速組織想表達的意思，而不小心誤會對方，不知道該怎麼表達親切的時候，就在每天說出口的「古摸寧」中帶著傻笑。

已經足夠認知同儕無所謂好壞，只是充滿差異，於是悉心觀察每個人的脾性，也包括盡力端莊的自己。保持最大彈性、最小情緒，讓一切流動，讓態度一致。如果被問到我是怎麼適應新生活，我不一定會這樣回答，但會寫在日記裡。不能小看一雙成人的眼睛，能夠將分歧看得適切；也不能只仰賴一雙成人的眼睛，既然都是新的境遇，學無止盡。

重建的生活其實沒有太大不同，但從一個完全空白的空間中置入自我，許多模糊之處確實清晰起來，無可逃逸。編織日子是要揮汗的，錯過火車的時候、生病的時候、喝醉的時候、挫折卻說不出口的時候、想念的時候，汗水遠比淚水酸苦，可是沒有人回頭、沒有人想要回頭。這是不知從何而來，卻相聚於此的有幸。

這幾個月的日記零散地寫、不嚴謹深掘，就怕若如既往般施力，會忘了剛學會的句型、剛認識的單字。給我最大安全感的中文書寫，在這些日子也變得遙遠。原來我的心這麼小，我的能力這麼少，原來人巨大的想望有這麼巨大的動能，一雙手一雙腳，就能重新開始千萬遍。我們這麼開始，也這麼經歷。小山丘上的學校，綠地旁邊的教室，不是去到什麼大城市、見什麼了不起的大世面。拚命跟自己較勁，才知道能夠為別人做的事原來那麼少、能夠為自己做的事還有這麼多。

新聞與事件，變成心事和晚餐；今天的作業、明天的問題，氣溫驟降的早晨和熱浪襲來的夜晚，十六週剛剛好，可以容納這些。停留的這一站，最深厚的是自己的徬徨和變化；網路與社群、用字冒失的課堂，我的這一面、我的另一面。

今天是抵達坎特伯雷後第一次坐在書桌前寫點中文（日記都是躺在床上打字，因為區分書桌是練習英文的地方對我而言很重要），帶點面向自己的赤裸和正式感，那種，該掂一掂現在走到哪了的份量，於是心平氣和，卻似乎都是新的口吻。雖然偶爾會想，我帶來的、能帶走的，其實也沒那麼複雜，彼此見一面就會知道，最珍貴的行囊都在臉上。

-40

/

2022.09.17

女人身穿黑色洋裝，手上捧著一束花，男人打著深色領帶，臉色嚴肅；女人穿著深色羽絨外套，手上拎著露營椅，孩子穿著好走的運動鞋，隨在隊伍裡。公園、街區，從西敏寺橋的左右兩側望向遠處，都能看到排隊的人龍。人人都知道起點，但看不到盡頭。都是緬懷。聽說要排十二個小時，才能見到女王最後一面。

那天看到最新新聞的時候正在搭長途客運，坐在靠窗的位置，天色陰涼，處處可見人們在降半旗，爾後開始下雨。接著幾天電子信箱不斷收到更新了又更新的資訊，入學的歡迎晚宴也因此延後。

女王離世前就預定這週會來倫敦，沒有想到會迎上如此光景，人們在自己的生活裡輕輕談論，無意覆蓋悲傷，世事繼續改變。想到兩週前才走進西敏寺，今天已經水泄不通；氣溫降了許多，仍然風和日麗。幾度因為感染了人們的悲傷而紅了眼眶，縱使不是我的國度，看著一個個陌生的面孔，活過女王存在過的時代，他們都成了見過永遠的人。

-39

/

2022.09.22

張凱來的那天早上有個小模擬考，她傍晚抵達校園，捱了很久的搭機等機，不知道多少哩路，共享廚房小冰箱裡我的那一小格已經塞滿新鮮的食材。

這裡是圖書館、這裡是超市、往這裡走過去是我上課的教室。指認著我也才剛開始熟悉的校園，異地生活能夠多照顧對方，用力的方式都是習慣而已。

我們有時候待在坎特伯雷，也去了倫敦、布里斯托、牛津，一個月一眨眼，最大溫差已經從二十五度降到七度。她已經跟我的朋友們打成一片，昨晚朋友們還請了她一桌泰式料理，她就像是準備要跟我們一起開學上課的人。

今天早上送張凱去火車站，七點出門，怕她肚子餓，前幾天煮好的一小份鮭魚馬鈴薯微波加熱就好。她問我要不要幫我烤麵包，我說不用，半夢半醒之間沒有意會到她的意思是要不要一起吃早餐，以為明天早上她還會在。出門前她從小廚房倒了一杯熱水給我，很冷欸，這給妳，她說。我喝了一口，肚子暖成一團。

宿舍離火車站走路不到五分鐘，行李箱的輪子喀啦喀啦，我們說了好幾次掰掰。她進站後我從柵欄外看她，又說了一次再見。走了一小段，聽到她喊我的名字，一回頭，她已經走到月台旁邊的柵欄，掰掰，她又說了一次。我雙手揉著流淚的眼睛。太冷了，我說，掰掰。

回到宿舍後發現我沒喝完她倒給我的水，我一口氣喝完。水已經冷了。

＊

這半年喜歡庸常這個詞。在台灣的日子庸常，離開時一切像夢境，於是知道這裡的日子也庸常，回到台灣後這些都是夢境。張凱來的這一個月，一如既往深聊或是開開玩笑說說廢話。沒有太多心思寫日記，因為時間想花在她身上。一部分也確實想偷懶，還不想靜下心來反芻種種，只想盡收當下。

她陪我搬家，再一次重新建立新的生活秩序。雖然一次次，我們的人生只與自己有關。生鏽的中文實在寫不出我此刻的心情。好懊惱。一生能夠真正交會的幾個年頭裡，若能看見各自的旅程有多麼富饒，何其有幸。

意料之外地女王伊莉莎白二世辭世，更深刻感受生命的流動，我們的結束和開始，也在一個時代的結束和開始裡。

寫得零散，英文和中文實在要並進才行。接下來一年，有許多功課已經在等著我。謝謝張凱陪我度過這個小暑假，和她在一起，彷彿永遠年輕。

-38 / 2022.09.25

下大雨了。

下午去買另外一組被單，加上想添購待買的家用品，室友阿可說可以一起去。走了點路，不是小鎮中心的商家，人們的模樣不同，餐點與小店的櫥窗也都不同。

阿可說，妳不是已經有一組了嗎。噢，我想要我可以選擇，我說。她愣了半秒，馬上意會。我媽就是這樣才把我送出國的，她說，我媽想要我有多一點選擇。我微笑著點點頭。

在小廚房各自整理食材、煮各自的晚餐。她把昨天沒吃完的麻辣湯底加入新料，小小一鍋。我前天煮了一大鍋糙米飯，一半攪和鹹蛋再煮一會兒成了鹹蛋粥，一半仍是原味糙米。妳有飯嗎，我問她，我有兩種口味的飯可以跟妳分享。好呀，她說，我要原味的。然後我烤了一片豬肉跟幾顆球芽甘藍菜，煎兩顆荷包蛋，搭配熱的鹹蛋粥。大約十二度，靜靜吃晚餐時還看見對面大樓鏡像窗戶上反映的粉紅色天空。

想到前幾天也一起在小廚房吃飯時她說，來英國以前，她覺得自己不需要朋友，因為她想把所有時間留給家人。我很驚訝，沒有特別表現出來，只是問她，那現在想法不同了嗎。她淡淡地點點頭，我以為朋友就是，要一直花時間在彼此身上、花精力了解對方，但是每次都讓我覺得很消耗，她說。其實出社會以後，留下的朋友都不是非常密切聯絡的人了，我說，是我們可以在任何時候打電話給對方，我們可以完全信任對方的人。阿可二十三歲的小腦袋瓜晃了晃，我現在覺得，朋友能讓我不寂寞，她說。

對我來說平常的事，對阿可而言顯得遙遠。是因為年紀嗎，起初我以為；但慢慢覺得，歲月帶給一個人的，有時候超越不了他自身既有的來歷，於是交換所想時，差異不再那麼重要，因為能夠被看見的也並非全貌。這大概是我們相聚於此、共享這個小廚房的原因。

阿可是目前我在這裡最好的朋友，我們會變好很大一部分是老天爺的牽線，一開始我們同班，後來無論老師用什麼抽籤、隨機的方式分組甚至小至兩人一組，我們有九成都被抽到同一組，有一次老師說，沒辦法了，命運都要妳們做夥伴。後來我們就會開玩笑，妳是我的命運，我是妳的命運。以前覺得這個詞很強烈，此刻覺得可大可小——能夠度日的，都是命運。

下週要開始上正式課程，秋天要寫英文五千字的短篇小說，春天要再寫英文五千字的短篇小說，夏天則要寫英文一萬兩千字的中短篇小說準備畢業；除此之外，各學期選修了翻譯與電視劇的課程，也有各自的作業。彷彿預見忙碌而沉潛的一年，萬分期待。

2022.09.30

第一天上課前我先去健身房跑步、接著徹頭徹尾梳洗一番，沒有壯膽的用意，只是突然絕對相信運動後的腦內啡能協助緩衝接下來必然會有的挫折。

語言學校第一天、第一週、第一個月，都是挫折。開學前阿可跟我說，剛到英國時她非常抗拒跟別人說話，因為覺得自己英文不夠好，但她每天都逼迫自己，越抗拒越要開口。所以她敲我的房門，問我要不要一起去買東西、要不要一起去散步、要不要一起練習英文。

談話對象，英文程度相似的人與母語人士當然不同；語言學校每週一次、每次三十到四十分鐘的討論課，到研究所變成每週三次、每次兩個小時。同學們九成是母語人士，剩下的一成是英文超好的非母語人士，大夥兒聚在小小的研究生教室，不同口音的英國腔、法國腔、韓國腔、威爾士腔、非洲腔……我要開口、我要開口。我也用力逼迫自己參與討論，一點也不自在。但是竟能，討論寫小說需要目的嗎、痛苦是必要的嗎，竟能，討論中文的成語翻譯成英文後有什麼異同。仍然一點也不自在，卻意識到，語言是通道不是高牆，儘管有著分歧，許多觀點卻早就存在、彼此都已經想過千萬遍，因為在這裡相遇以前，我們已經是對寫作有熱忱的人。

能溝通以前，最怕無法理解對方，這幾個月真的花很多時間練習英聽，終於至少目前為止，聽課沒遇到太大的問題，也能（順利逼迫自己）開口。但也確實，還沒辦法像後期在語言學校的討論課那樣積極，面對母語人士還沒那麼自在。不過開學後意味著重心需要轉變，英文能力只能持續累積、精進，思辨與激盪的膽識和力量，是門後新的風景。

今天在翻譯課前，除了老師給的功課，昨晚自己也查了許多資料，古希臘詩人莎芙。老師不時簡單聊到古希臘的其他人物，柏拉圖、亞理斯多德、荷馬，那些時刻特別強烈意識到所謂學養，不一定是藝術與文學，學養不應該被單一領域局限，各自在有所熱情的領域深耕，培育屬於自己面向世界的智慧和應對，更重要於定義甚至崇拜學養。知識的挖探、思想的累積，永遠不應該是優劣的量尺。因為今天別人的處境，明天有可能成為我的難題；只是走上不一樣的路，不一樣的路，常常也有相似的困境。

這週的課都上完，接下來要花時間完成作業，心甘情願耗時耗神，以此面向挫折。今天下課後走在十度左右的街頭，好天氣時一樣能看見黃昏時的粉紅色天空——都到這麼遠的地方來了，如果蜷縮，多麼可惜。

-36 / 2022.10.01

今天阿可在跟我分享她去上的一門課。

跟台灣的大學一樣，前兩週都仍是選課期，旁聽完不喜歡兩週內可以再重選。她說那門課的老師臨時因為身體不舒服改線上課，後來她問了一些學長姊，他們說這個老師去年就有發生這樣的狀況而且不只一次，甚至有一兩次會因為身體不舒服而直接不上課，只出作業給學生。阿可給我看線上課的截圖，老師面色看起來感覺真的生了重病。

她很猶豫要不要退課，我問她為什麼猶豫，她說因為感覺大家都有想要退這堂課，可是如果沒有學生，這個老師開的課可能就會被取消。我說，若遇到這樣的事，我會跟自己說，雖然有同理心，我也要在乎我所花的時間、精力甚至金錢。她愣了愣。我說，我們最主要是來這裡學習，學習是妳現在最重要的權利，意思不是妳要捨下同理心，這是很棒而且必要的特質，但，學會保護自己的權利、並繼續保持同理心，更重要喔，相信有一天，我們會更有能力、也更知道怎麼使用自己的同理心。她很快就聽懂了，豁然開朗地點點頭。

原本怕自己變得刻薄也顯得冷漠，仔細想想，這似乎就是溫柔的限度。能給的不一定全是需要給出去的，成長不會復返，一眨眼我就成了這樣的人。

-35

/

2022.10.10

偶爾還是會有退縮的感覺。曾有的、既有的，新來襲的浪潮在湧動，該要抓住什麼才妥當。原來都一場糊塗。糊裡糊塗，也成了不能再耍賴的人。而我想知道你啊，如果有一棵樹能棲，會選擇一片葉子的旅程，還是努力向上的枝椏；你啊，會在哪一刻覺得，這就是永恆。

-34

/

2022.10.15

這兩週生了一場重病，以往不會拖到兩週的。去到哪裡，總是被說，妳看起來好累，還好嗎。我總說，因為感冒了。白天十六、七度，晚上三、四度，雖然有開暖氣，下課總剛好是傍晚變天時，可能哪天就著了涼。只是沒想到看起來這麼累。

英文程度也還沒有好到可以在任何狀態都很穩定。第一週上課時很緊張，但不至於太困難，需要適應英文是母語的同學的語速、適應老師的語速，也要適應不同腔調的英文，法國腔、俄羅斯腔、印度腔，或是超級重的英國腔。與泰國和日本同學一起唸語言學校時累積了許多應對模式，適應不再需要那麼長的時間，所以第二週，我很高興，不只能完全吸收，也能比前一週更放鬆一些、參與許多討論。這週的感冒則像是某個開關被關掉了，坐在研究生教室裡，覺得大家在說的好像是外星語。好幾次和老師對到眼都閃躲掉，有一次老師還直接看著我說，妳是不是有想要說什麼（因為前兩週都有正常發言），我愣了愣，搖搖頭，心裡好氣餒。

覺得這一週好長。

上週末室友阿可看我生病，於是煮麵給我吃，我吃了一口，嚇一跳，問她怎麼煮的，她說在亞洲超市買到的調味粉，是類似紅燒牛肉麵的味道，但又有點像馬鈴薯燉肉時搭配的醬油。她問我怎麼了，我說，這很像台灣的食物。她說，人生病的時候會想家。她說對了，我隔天就衝去亞洲超市買那個調味粉。週一朋友生日時大家要各煮一道菜，我就以此燉了馬鈴薯、紅蘿蔔、洋蔥和豬肉，再切一點蔥，一大鍋，全部被吃光了。原本怕大家不習慣。味道是那麼當下的共振，拎著空鍋子走回房間的時候，覺得有人也理解我是如何想家。

然後今天，花上一整天煮薏仁紅豆紫米粥。這是我第二次煮，很久以前在台灣煮過一次，那次試煮失敗，就沒再煮了。這次沒有失敗的餘地，不知道是不是這樣的心念，吃到熟悉的味道時差點在半夜一點的小廚房裡尖叫。

當語言是高牆、是通道，當語言是文化的其中一個部位，一串串用字再也不只是直譯表達，要穿過層層迷霧，找到在另外一個文化裡相應的詞彙，更要確認它在整體的脈絡中是否站在適當的位置，一切不容易。偶爾看著人們討論著台灣的大小事，回過頭再繼續讀老師給的作業，當感到趕不上台灣的一切，也趕不上這裡的一切，滿滿都是挫折（儘管知道我有自己的節奏，感受還是會在一直擤鼻涕的時候浮現）。

這時候好像只有食物可以依賴了，不是甜食炸物那些以前以為可以讓人短暫獲得放鬆和快樂的，而是一些簡單平常但在這裡稀缺的。邀請了一些朋友週末來吃甜粥，此刻心事都在味蕾裡、心事都透過味蕾分享。不是不能說，不是不知道怎麼說，只是更想要，有人一起分享自己熟悉的食物。

不知道怎麼寫到這裡，最後說說暮暮好了。

我們仍然幾乎每天都會視訊，張凱回去後，他似乎以為再過不久我也會回去，整天黏在玄關的椅子上，很明顯在等人。一週後他可能知道我還沒有要回去，就恢復原狀會回到我房間睡覺，睡覺的位置和我在的時候一樣。只是在那之後，視訊時他幾乎不再看我，他會先確認是我的聲音我的臉，然後走到張凱的手機附近，屁股對著鏡頭坐下，我一邊說話，他就一邊動耳朵，有時候會回過頭來偷看。我猜他大概在生氣，因為冬天要到了，他冬天會變非常黏，但我不在。可愛的是，他不會離手機太遠，有幾次可能不氣了，會跟之前一樣走過來蹭張凱的手機或是坐在手機前面，畫面就會是白色的毛茸茸一片，很多次張凱碰他，都發現他在呼嚕呼嚕。

英國的日落越來越早，接下來知道會有許多好玩的事情等著我，希望塞住的鼻子快點通，好想大口呼吸。啊，新鮮的感受，混沌仍要寫下，悠長的生命，此刻不再復返，我要繼續、一如往常地寫下，無論什麼模樣。

-33

/

2022.10.24

那時候青春好得你臉頰發燙，
明天起床後，夢想還是在那。

-32
/
2022.10.30

這陣子常常想起 reverse 這個字，一開始是跟室友阿可一起學的，出現在阿可修讀的法律領域的論文中，常用在例如「二審被法官駁回」的「駁回」會用這個詞。後來有一次去買東西，我問店員某個東西在哪，可愛的店員說完後就在我面前倒退走路，邊說著 reverse。我們就一起坐下來細查這個單字，發現好多意思，然後開始試著用在生活中，發現超多狀況可以用。

讀了一陣子創作領域的文章，發現英文的單字挪用其實跟中文差異沒有那麼大，只要在脈絡中是合理且可被理解的，就會成為作者的特色和修辭。於是在寫翻譯課裡的仿作詩時，我把自己被大火燒成灰燼的狀態以 reverse 去寫，用的是這個詞「處境交換或相反」的意思，於是在我的仿作詩裡，直譯就是，大火跟我的身體、四肢、聲音、一切，交換了位置，也就是整個人被大火燒毀。除了老師讚美的詞以外，這個詞也被幾個同學提出說，用得令人印象深刻，因為沒想到可以這樣用，用得太好了。大家討論這個詞討論了好一陣，我的心臟鼓譟著。終於長出一點點感受，感受得到對我來說飄渺難捉摸的英文美感（若中文想要達出一樣的美感則需要換句話說）。

這只是其中一個我印象很深的詞。以前背單字，先背它的意思和詞性，心有餘力再背用法，現在背單字，都在想像之後可以用在什麼語境裡，所以一個字一個字，說真的，學得比在語言學校時慢得多，好一段時間覺得自己單字量沒有再增長，卻在課堂上感覺到離英文更靠近了一點，很神奇，也許正在靠近的不是英文，而是自己的英文寫作。

有一點喜歡這樣的狀態，一步一步，慢慢地，但不著急（雖然期末可能就會著急了）。目標感啊，好長一段時間我把它想得太隆重，其實只是去實踐平凡的生活，讓它們累積成大於成長的定義的變化。

-31

/

2022.10.31

今早起床跟阿可一起吃早餐，她說，我們跟泰國和台灣的時差從今天開始多了一個小時。怎麼可能，時間怎麼會突然多出來，我邊說邊打開手機，查看內建的世界時鐘，竟然，現在跟台灣時差真的是八個小時，不是七個小時。

上網查查，發現因為冬夏日照長短的不同，英國會使用冬令時與夏令時，意思是，在日照較短的冬天會將認知中的物理時間往前調一個小時，即冬令時，換句話說，昨天我的此刻是英國的八點，現在則是七點；

昨天台灣的此刻是凌晨三點，現在依然是台灣的凌晨三點，於是產生了多一個小時的時間差。冬令時在每年十月的最後一個星期日開始，夏令時則在每年三月的最後一個星期日開始。

剛來的時候，時差給我一種遙遠的感覺，當忙完一天的瑣事，習慣寫點什麼或日常跟朋友閒聊的傍晚，台灣已經入夜，悄無聲息。雖然恰巧是機會和這裡的人們建立新的連結，仍感到某一扇門暫時被關上，熟悉但沒有可行的路。

記得夏天大夥兒大確診那週，因為整層都在隔離，同學們在每天晚上都會稍微關心各自今天的狀況，有一個日本女同學茉子跟我說，謝謝妳每天的這個時候傳訊息來給我，生病的晚上想找朋友說話，但她們都睡了，太遠了，還好還有妳傳來的訊息。我說，我也和妳一樣吶。

現在真的和台灣相差八個小時嗎，知道只是時間的微調，那麼到底八個小時是真的，還是七個小時是真的，朦朧之中已經沒有遙遠的感覺，我已經習慣起晚上多數商店都關門的坎特伯雷。放心、放手、放膽，這些啟程前甜蜜的叮嚀，若沒有時間在其中作用，大概就不會有日後無需校正的自然而然。

下午在一間新發現的亞洲小店看見大溪豆乾，馬上買了一包。記憶變成可以被膨脹和延展的有機體，我跟阿可說，跟妳分享這個，來自台灣的食物。誰不是心有所繫，誰不是步步艱辛，誰不是在看得見的過去和無法決斷論定的未來之間取捨信仰。真實從來都小得只有此刻而已，我們以情感、以時間為名，讓它產生吸引力，附著於眼神與心念。

突然寫遠了。總之一個新鮮的感覺，冬令時，英國的冬天要來了。

-30 / 2022.11.10

今天跟小說課老師約了第一次小說討論。

昨晚先把寫好的一千三百多字寄給老師，附上我遇到的幾個問題。

抵達老師辦公室時是天氣晴朗的下午一點，下了快兩週的雨，今天終於放晴，太陽灑在老師的辦公桌上，窗外是一棵很大的柳樹和藍天。

老師拿出她的筆記本，有一整頁是給我的回饋。

我跟她說，我在寫英文小說時，感覺到我失去自己的特色（voice）了，我只像是在用一些英文句子描述我的故事，而沒有所謂的「個人風格」。老師問我，如果撇開語言，我是如何感受到自己風格（voice）的存在，她說，不用馬上回覆她，但可以好好想想。

然後她說，她已經可以從我的故事中看到我擁有非常令人印象深刻且獨特的作者之聲（distinct author voice），這是別人學不來的，只是作為一個讀者，她同時會覺得有一點小矛盾，因為在有些地方，卻只讀到非常基礎的語序結構（fundamental sentence structure），而感覺不到作者的聲音。

我說，因為有些我先寫英文，有些我則是先寫中文。我把以不同語言做最初撰寫的段落指出來，然後看見老師在我給她的檔案上做的標示，剛好，那些她覺得很棒的句子竟然就是我直接以英文去寫的。她說，這幾個句子非常美。我笑著說，這些句子在中文裡不美，只有在英文裡可以這樣寫。她說，這就是我讀到的妳的聲音，妳的聲音在這裡。呼，我的心臟撲通撲通地跳。

老師又問我，為什麼我想要嘗試英文創作呢，如果我在中文的創作領域已經有一定的熟悉程度。我說，起初只是想學不同的故事撰寫方式，覺得很好玩，後來覺得挑戰，以為是單字量不足、文法太爛，所以無法在英文很好的基礎上建構自己的聲音，在經歷每週書單與課程討論之後，我發現這些不是最主要的問題，最大的問題是，和中文的創作一樣，當寫得、練習得不夠（以及使用第二語言時會遇到的，讀得不夠），就不會知道我手上有多少顏料，可以畫出多少東西，我沒有對英文的彈性。所以回到老師問我的，我想要擁有創作的彈性以及透過不同語言的刺激去建立書寫的敏感度。

我們討論了四十分鐘，也聊了許多她對我的角色的提問（過程像極了編輯在問我問題），非常享受她拋出問題的時候，那是未曾遇過的、遙遠的視角提出的疑惑和思考。

後來老師把她有寫下註記的檔案寄給我，剛剛逐一看完，她也直接幫我修正了文法錯誤（很高興明顯錯得比以前少許多），還有她的回饋以及喜歡的句子。這一句意思有點模糊、這一句結構有點怪、這一句也許可以換句話說、這一句好美、這一段的設定非常有力量。我抱著電腦反覆讀著，好神奇的感覺。

走出辦公室的時候，快要下午兩點，大約十三度的大晴天，天空很藍，風有一點大，但，總覺得事情終於終於，開始變得困難並同時變得沒有那麼難。

-29 / 2022.11.14

年輕的同學問了我一些感情想法，在出國留學期間、在學業還在進行、在幾年後就要就業，在充滿不確定性時遇到喜歡的人，世界地圖放大再放大，他在另外一個國度，我有總有一天要回去的家鄉。還沒問這些算不算開始，都已經甜蜜又疼痛得泛起淚光。

二十歲到三十歲，十年短促卻又漫長的旅程，想像的三十歲、想像的長大成人；想像劇烈地將人生推進，我的能力不夠、我想要的那麼多、有一天會有那麼一天。一天不過是一生的縮影。就去享受感受吧，好幾次我都這麼回覆。泥濘也是生命中千百種位置之一，並非希望你難受，而是希望你有經驗。

說出這些話的我，真的不在二十幾歲的區間裡了。小鎮的陽光反射在腳踏車的輪子上，真的，不再企圖尋找、確認我擁有如何的世界，而是偏好去感知世界正擁有著如何的我。

他說，平常覺得妳跟我們一樣年輕，聽妳說這些時才感覺得到妳比我們成熟。我聳聳肩，笑得淡淡。成熟非關年紀，歲月只是給我們機會去累積成熟，還是有必須走過的路、嘗過的五味、消化不了的雜陳。

與十幾歲的青春不同，這是千姿百態、轉眼一瞬的一段，這是鏗鏘與執著、覺得長大近在眼前但又沒有那麼近的一段。我幾乎都能想像，十年後如果有幸再次與他相聚，他會如何聊起這些迂迴心事。

然後我就跑去重聽了那首林夕寫的〈十年〉。以前聽啊，聽自己活過的十年，現在聽，可以聽見眼前正要走上的十年，也許會如何地回望。廣袤的時間裡，希望能活成的每一天都是如此——今天是夢，如果醒了也不錯。

-28 / 2022.11.19

我和茉子相約在小鎮上的 Marks & Spencer Café，但跟想像的不太一樣。她說，我明白妳的意思，妳想換一家店嗎。第二家店是 Tiny Tim's Tearoom，我非常喜歡，她也是。她說上次來的時候有人在彈鋼琴，我無法想像，卻又好像可以想像得到。

前陣子聽說台北下了很久的雨，坎特伯雷也是，偶爾才有晴天。我坐在一眼能看盡屋外的位置，陽光灑在她身後的街景，屋內小小的、咖啡色系，很像販賣魔法的小舖。她說，大學某一年暑假在雪梨生活的那一個多月，直到現在，她仍然能記得她去過的每一個地方、每一個感覺，所以她相信，回到日本以後，她也會記得在坎特伯雷的種種細節。

我說，妳足夠年輕於是足夠純粹的心，才能讓遇到的小事都印象深刻，這是多麼好的年紀。她露出笑容點點頭。今年二十一歲，從日本來英國半年的交換學生，一切才正要開始，我的她的、不同的卻又交集著。而我也是，足夠純粹於是足夠年輕的心，才能讓這些深知原是匆匆一瞥的旅途風景，變成轉身後會忍不住的相知相惜。我相信我也是。

世間許多道理，因為身心足夠，才能一口一口體會，才能，明白來來去去偶爾並非單向，有時候是逆著去看，才能看到新的體驗。生命之新，是望向前方，亦是懂得回眸。

想記下今天。冷冷的天，出門閒聊的日常，轉眼之間也將不再如此日常。

-27

/

2022.11.24

今天的一對一對談是跟翻譯課的老師。

我一坐下她就說，我完全能從幾次妳的作品中（有作業也有課堂隨機的練習）看出妳很擅長寫作，甚至比我還要優秀很多（我想只是因為老師的強項是翻譯）（而且要說文法……我根本……），她說她非常喜歡我在作品裡建構的氛圍跟畫面，還有將故事賦予意義的那些點子。

她也給了我的兩個作品超級多詳細的回饋，我們逐一討論，跟小說課的老師一樣，她提出她看不懂的地方同時在許多地方標記著「好」、「非常好」。因為翻譯課寫的多數是詩，詩能堆疊的空間跟小說又不太一樣，當文法的錯誤變得更明顯，勢必影響詩的美感，於是我問老師，文法的問題會影響閱讀觀感嗎。

老師沒有直接回答我的問題，她挑出了幾個她覺得很怪的地方，解釋給我聽在英文文法裡這為什麼不順。在近一個小時的討論中，她除了一開始給我的讚美，中間就是不斷地檢視、檢討。

除了詩，我也給了一篇許多年前我自己寫的〈樹洞裡的兔子〉的翻譯。老師問我是翻譯誰的作品，我說我自己的作品，老師有點驚訝地看著我問，這是妳自己寫的？我點點頭。她說，這篇寫得非常好，如果妳的期末作品集都維持在這個水平，那會是非常棒的作品集。

離開前她說，我希望妳不要因為文法上的錯誤，而放掉妳對英文書寫的想像，和對於句構重組的嘗試，它們有時候確實看起來很怪，但有時候非常迷人。而且，說真的，讀妳的作品，文法句構是小事，當然妳還是要持續精進，但基本上已經能讀到妳放在文字裡的東西了。啊，原來老師您的反饋是夾心餅乾哪，最後又再給我鼓勵跟讚美。

也許是這些年在我原有世界的種種經驗、遇到的團隊與人群。曾經寫過，我的出版團隊很誠實，在寫書過程中他們丟給我的問題、需要調整的地方，遠遠多於讚美，而我也知道，在他們面前，對於非天才型創作者的我而言，那都是我更需要的東西。讀者亦是，無論新舊讀者、或非讀者，人們傳來的各種聲音，我已經學會分辨哪些要收好放在心上，哪些吃完飯就要忘。因為我沒有在完全的讚美中生長，因為我知道這些欣賞的可貴、知道我在此施上了多少力，是這些年的經驗，讓這樣的談話不僅珍貴，還富有動能。

實在好喜歡呀。喜歡探向未知時，有所不足的自己，永遠不裝滿的水杯，永遠還能品嘗不同的雨水、咖啡、茶或是眼淚（但是建議不要全部裝在一起）。

-26

/

2022.12.04

三點多天就開始黑了。幾週前發現天黑的時間正在快速提前，想著要把握天亮的時候，就調了七點的鬧鐘，結果起床時天仍是黑的，快九點才天亮。

一個人在小廚房的時候，另一個人常常開門只為了打招呼，隨便說說什麼話。然後我們會說，還好那時候決定一起住，不然不知道這長長的黑夜跟寫不完的作業，一個人要怎麼面對。雖然如此，我們也都知道，這是多年後會無比想念的時光。

最近總是想到，終於把這裡的生活活成一種日常，數一數，卻只剩下十個月。我不在的時候，我們沒有見面的日子，我們只透過社群、訊息有所連結的日子——我在某處缺席，就在某處存在，這大概就是生命的動態。心裡某一塊酸酸苦苦，又有暖呼呼的滿足感。

很快地，已經開始在思考和安排明年的各種計畫。時間過得真快、時間過得好快，學會說這句話的時候，是因為我們終於承接了生活的參差、自我的複雜，我們終於必得將心力分配、將日子切成許多不等分，時間於是變快了。

這裡的每一張面孔，一輩子不知道會見幾次、能見幾次。為什麼我們會相聚在這裡呢，在老天爺遞來新的安排之前，只想想著我們來安排下一次喝熱巧克力、下一次一起上餐館吃飯、下一次一起旅行、一起去看雪吧，這些我們因為緣分而擁有、而做的種種小事，也許早就重要於緣分本身了。

不知道為什麼腦袋突然冒出一句話——能夠忍不住熱淚盈眶的生活，便是最好的生活。

-25 / 2022.12.06

「噢，今天是我這學期最後一堂課了。」阿可說。

「恭喜妳！」我揚起音量。

「嗯……但其實我沒有很高興。時間過得好快，我好捨不得。」大約五度，下雨的小鎮街頭，她走在我的右側，笑容垮垮地。

她下課後，我們約在一家亞洲超市，在小鎮的尾巴。我買了一瓶壽喜燒醬、一瓶蘋果醋跟一小盒紅豆麻糬。倒是沒看清楚她買了什麼，應該就是一些她平常會買的食材、配料，她結帳時我沒看到任何罐裝的東西，就匆匆走去拿了一罐辣醬。

「這個！妳要買嗎？」我說。這是上次我跟她分享的辣醬，當時她馬上拿出手機拍下醬罐，並問我在哪裡買的。KUKKI，我說。

「噢，要！」她馬上露出驚喜的笑容。

我們仍然是這樣，買新的東西、消耗新的東西，我們仍然對於沒去過的地方充滿好奇，我們仍然，有著無數想像——比初來乍到時要多，明明時間已經變得更少。看起來就像刻意在忽略時間的流逝。都不是新的了，卻還是那麼新。

有時候我會覺得這個小鎮實在不大，但其實，跟幾個朋友一起捱著度過一年，已經夠大了。和那種大城市不同，我們可以想像要如何走遍這裡每個角落。一如我可以自在地在買完東西後，再臨時興起順路去買兩盒海帶沙拉、一杯台灣來的鐵觀音鮮奶茶（雖然味道相差甚遠）。

確實，時間永遠在流逝，而那麼幸運，我們也總是在改變中拚命享受和珍惜。我可能永遠都會記得，從KUKKI走回宿舍的路上要經過多少小方格的磁磚路，一個高高的舊式英倫建築，韋斯特蓋特塔觀景臺，一些在夜晚亮著燈的小店，抬頭是聖誕燈，腳下是和阿可一起買的同一雙新鞋（縱使有一天會變舊，但在那一天永遠是新的），踩著一樣濕漉漉的雨地。呼，天氣真的很冷，但還是覺得，日子太短暫了。

-24 / 2022.12.12

今天的坎特伯雷下雪了。

聽說坎特伯雷幾乎是個不下雪的城市，近幾年只有過一次，去年。有些念兩年的同學說，覺得今年比去年冷，應該會下雪。下午在房間裡寫作業，看向窗外時白白的小點迅速落下，我跑到窗邊，覺得不像雪，像冰雹，但還是跟阿可一起套上外套走到社區中庭去看一看。好像又介在雪跟冰雹之間，如果撐著傘，會聽到噠噠的雨聲，仔細一看，是半透明的小碎冰。

同學們社群上都分享著，下雪了、今年的初雪，也有人分享早晨植物上結起的霜，如同今早我走去健身房時會經過的小草皮上白花花的一片，健身房大落地窗看出去的一排行道樹早就掉光了葉子。四季分明的冬天就這麼來了。

大約晚上八點多，大家陸陸續續走出去看雪，說是雪，其實雨雪不分，有時候感覺像大雨，有時候又輕輕地。總是讓我想起台北下雪的那一年，多年以前。以後我也會這樣想念這個冬天吧，那年、那年，說是少見下雪的坎特伯雷也下雪了，雖然沒有台北罕見（也許吧）。

原本只是想寫寫，近幾日時常在想，人生好像沒有所謂真正的高度，都只是長度各異而已，我們從積習的準則中觀察、確認自己的位置，再從中衍生自我和煩惱。而種種語言和對話，不過真心之上層層堆疊的路徑，有時候一個眼神就抵達，有時候千百句話仍然遙遠。然後人啊，多麼有韌性的人啊，仍能找到鏗鏘有力的姿態去將一切訴說得合情合理，也是如此狡猾的人啊。

紛亂的世界裡，我對自己也有偏愛，對城市對季節、對人也有偏愛。

都是自我原貌的反映。可以看見外面世界的透明玻璃，在天黑了以後也能看見自己。再更清楚一點的地方，只有一杯茶、一盞燈，一些零碎的話語和與世無爭的表情。我多麼喜歡，我的偏愛如此明顯、如此深切，我多麼慶幸，我的偏愛如此而已。

-23 / 2022.12.14

今天是這學期小說課最後一天，回程的路上腦袋冒出了一段。

美好又短促的秋天，再見了——

長大是挖掘，是埋葬。是從打破的自我碎片中重新看見完整的一張臉，雙眸也許難免黯然，仍直視前方。過去早已用另一種無需定義的方式參與悠長的生命。

一步一腳印，一步一夢醒。

-22

/

2022.12.18

生活是不斟滿的酒杯
每啜一口，都多一點空間
嘗試新的比例、成分
有時候獨自享受
有時候有人對坐

-21

/

2022.12.24

其中一首小時候父親和母親最常唱的、聽的歌，就是王傑的〈一場遊戲一場夢〉，這首歌直到我長大，時不時腦袋都還是會響起，有時候走在路上就哼兩句。

以前家裡有一半的空間鋪著棕色的木地板，是父親一片一片自己拼黏起來的，週末的活動範圍幾乎都在木地板上。現在要回想起小時候的週末，怎麼突然，已經這麼困難。老時光有音樂、氣味和光線，那是無論記憶變得如何斑駁，都不會改變的。偶然看到重新編排的這首歌，跑去聽聽，有不同的感覺，但仍讓人想起了老得還能再更老的時光。

半明半亮、昏黃的日子，我已經走了這麼遠了嗎。我要去哪裡呢。每每回過頭，才真的知道這些痕跡，指向了如何的過去。繁華的街頭、人群喊著的口號、世界改變著與未能撼動的部分，我抵達過誰的身邊、我擁抱過的人、我相信過的人，小時候坐在陽光下的木地板上的我怎麼能知道，世間傷痛與幸福是相輔相成、世間成長與失去是並肩而走。我怎麼能知道，做一個有情的人，望向任何一處，都難免有一場遊戲一場夢的錯覺。

情歌啊，寫給的都是天下有情人。我的童年此刻看來，也是一場遊戲一場夢。我的此刻、我的未來，也都是。不過還是值得大聲唱一句——「如今雖然沒有你，我還是我自己」。

-20 / 2022.12.26

　　五年前的十二月二十六日，是暮第一次到我們家。他從中途之家姊姊的袋子裡爬出來，逛了我小小的房間兩圈，就開始會到處衝刺，三個月大的小小身子和腦袋，也能馬上找到我為他準備的貓砂盆，雖然那時候他太小了，爬進去有一點吃力。他小得可以在我的一隻手掌上睡著。

　　剛養他的第一個月都沒有辦法睡好覺，一是怕不小心翻身壓到他，二是他會開整晚的個人運動會。可是後來的這五年，每天睡醒都要感覺到腳邊或腰邊有一團熱呼呼的東西才會安心。幾週前，坎特伯雷下雪那幾天的早上，半夢半醒之間，可能因為太冷，我總以為他就在我旁邊。

有人問我，他還是會像我剛離開的時候一樣，帶給我強烈的連結感嗎。答案是絕對肯定的。雖然一開始，我也害怕他是不是會忘了我、忘了我們百無聊賴的日常，而只記得我離開後的生活。

但每一次跟他視訊，總是能感覺到他在聽，有時候感覺得出來他在生氣，有時候又是滿滿的想念，有時候叼著毛球跑來鏡頭前面想要跟我玩，有時候則是蹲在很遠的地方卻看著鏡頭喵喵叫。也有很多時候，他會在鏡頭前翻身、左翻右翻，當我說，怎麼有這麼可愛的貓咪在等我，好幸福唷，他就會翻得更起勁。

張凱幾乎每天都會傳來暮暮的照片，今天吃得比較少、今天下雨他感覺心情不好、今天台北很冷他都沒有離開電暖器前面，或是，這陣子他感覺又很想妳了，都會跑到妳衣櫃上的行李箱上睡覺。那是我的其中一個行李箱，沒有帶來英國，張凱說我離開後的近一個月他都睡在行李箱上，大概是我打包的時候他全程參與，就以為行李箱是任意門、可以從那裡找到抵達我的方法。

今天跟他視訊的時候，他一直在張凱的平板附近繞呀繞，更一直走到平板後面，以為我在那裡，但是又沒有，就一直繞、一直找，找不到就喵喵叫，是那種委屈得快要哭的聲音，然後又站在遠處看著平板裡的我。我跟他說，暮，過來，靠近一點才看得到你，他馬上小跑步過來坐下，但就，有點太近，畫面變成一團白色的毛球。

時間過得真快，想念卻沒有遞減或劇增，想起他時內心仍會酸熱酸熱，我在遙遠的地方探索世界，他則在原地等我，相伴的緣分、想念的每一刻。那天才會忍不住寫下這句——人也許因為牽絆而無法走得太遠，但也因為牽絆而懂得如何對待此刻溫柔。

記得要去機場那天他在熟悉的位置上睡覺（我摺好的被子裡），我跟他說，媽咪要走囉，掰掰，他沒有睜開眼睛看我。我把掀開的被子整齊地蓋上，一如往常。

非常謝謝有張凱在，讓我很安心，我知道她會是對暮暮最用心的人（她買給暮暮的玩具甚至比我多得多），謝謝暮讓我們感覺到幸福。人的一顆心，富有著情感，於是得以嘗遍苦辣酸甜，然後向前邁進。

暮呀，你想我的時候我都知道噢，我們很快再見、很快就會再窩在一起生活。

-19 / 2023.01.03

倫敦到坎特伯雷來回的火車在年底搭了好幾次，離峰時間的車次可以五十五分鐘就抵達倫敦市區，十五到二十英鎊左右，折合台幣大約五百到七百元。

漫步在鬧區街頭，尋著有掛聖誕燈的街頭走，熱鬧的幾個街區，晚餐後仍甘願花三、四個小時散步，買了一把只有八十六克輕的傘和一個非常喜歡的登機包。心裡想著的，原來已經出現其他旅程了。

年末頻頻覺得生活裡有一種因為時間有限而產生的迷幻，是的，我正觸碰著這裡的我添購的杯子、我租的房間、我徒步經過的街區、我從台灣帶來的文化視角與習慣，但就覺得，離真實好遙遠。真實是什麼呢，今年有什麼在等著我呢。昨天大姑姑說，妳今年要滿二十八歲了吼，跟妳一樣，我也是二十八歲的時候來英國的。我說，姑姑呀，我今年要滿三十一歲了哪，忘了去年妳還替我慶祝三十歲生日嗎。她恍然明白。其實，我也不覺得自己三十歲了。

三十歲跟我想的不太一樣，竟然就、沒有那麼在乎年紀了，更在乎的是今年、明年，我的夢想清單上還有什麼沒有完成、我的工作與朋友，大家都走到哪裡了呢，想起過往時，心已經沒有那麼苦澀。似乎無意間也慢慢養成了一種內心對未來產生期待時，越來越想維持、也越來越能掌控的期待的品質——深諳晦澀的過去早就藏在每一個眼神和選擇裡，於是不如，專注地看著前方，就算在如此目光之中看去的萬物都難免沾染過往的色澤，仍然，專注地看著所欲之地、所願之事、所惜之人。

啊，時間真的過得好快，今年五月二十日，就在英國待滿一年了。幾個夜半心中忽悠而閃的寂寞，有時候一眨眼，就被企圖心蓋過。我看見自己尖銳又柔軟的樣貌，因為得以如此，得以在陌生的境地如此延展、伸縮窺視自我的不同面向，於是驚訝地發現，幾乎沒有脆弱的時刻。以舊推新，正推長著未曾想過的輪廓，而自己也樂在其中，真是太好了。

-18

/

2023.01.04

撐起的傘擋住了雨，

也擋住了能夠看見燈火的視線。

-17

/

2023.01.08

初來乍到誰的眼前，你對我而言是陌生的、我對你而言也是陌生的。

初遇之陌如何累積成有情之同，又如何回到各自的旅途。聚散之間的愛和孤獨，把人揉捏出千萬種表情，有時候自己也分辨不出，愛是情分還是情意。

-16

/

2023.01.10

「當我意識到其實我是龜兔賽跑裡的烏龜，我才知道烏龜能跑到終點的原因，是享受著過程而不斷前進。其實也根本沒有賽跑，只是各自抵達終點的方式不同而已。」

-15
/
2023.01.14

英國的深夜腦海響起周華健的〈朋友〉。

日子是難收的覆水，明明知道何以走到今天，有些窘境，有些幸運；大概有情之人，都有懷舊之時。確實，偶爾會想，我大概是因為錯過了什麼，才迎來了什麼，我們的路又窄又寬闊，因為領悟生命與時間的有限。成人的熱淚盈眶，是因為愛著的人太多。

綿延的日子、纖細的心，企圖與成就、挫折與孤獨。都是因為遠方——曾經、要去的地方是遠方，後來、要回去的地方也是遠方。

當我再也沒有那時的口吻，我究竟留下了什麼；當見過彼此的某一段人生，我們不自覺帶走的是什麼。搖晃著、搖晃著，某一個當下搖晃著的時候，整個人生都似乎被動搖。我想我真的，經過了那個分水嶺。相似的人再怎麼相似，社會的流動再怎麼洶湧，我早已經，一半新、一半舊。是該要以新縫舊，還是以新伴舊，我才正要啟程；路難免昏暗，明亮的是眼睛。

而此刻收束在字句之間的、散漫在生活與空氣裡的，都是因為穿越了人海。

能夠忍不住熱淚盈眶的生活，便是最好的生活。

-14 / 2023.01.22

阿可星期一問我，這週是不是我們的農曆新年；今天下午日常般地採買食材，亞洲超市卻滿滿的人潮，她東找西找，頻頻比對著手機裡許多食材的照片。我只知道她想做有造型的可愛湯圓，晚餐後她邀請我一起搓湯圓，她才跟我說，她知道過年的時候家人都會聚在一起，今年我在國外，她想跟我一起做點什麼，又看到很多華人過農曆年的時候都吃湯圓，就想要煮湯圓給我吃。當下看著我們各自白白黃黃的手，心裡暖暖地同時一陣鼻酸，如同前幾天寫的——成人的熱淚盈眶，是因為愛著的人太多。

因為是兔年，她就做了一堆小兔子，後來又做鴨子和尼莫。我說，我們這是農場了，還有豬欸。她說，妳要做豬嗎。我說，我已經做了啊，在我的小籠包裡。她笑了出來，我也笑了。

我們邊搓湯圓邊閒聊，一眨眼已經十一點半，她說，哎呀抱歉這麼晚了。我說不會呀，今天要守歲。結果我倆搓到快一點，累但也不覺得累。

秋天時我們一起採栗子、吃螃蟹和蝦子，早春我們一起搓湯圓。她問我在台灣的春天通常在做什麼，我說通常我工作比較滿的時候就是春夏，所以比較忙，可能偶爾會跟朋友去野餐。換我問她春天通常在做什麼，她說，泰國沒有春天。啊，我們又笑了出來。

謝謝在英國有她。今天跟她說，我最近想起去年還在語言學校時我們一週會花三個晚上跑到她的或我的房間去一起練習英文；她說，現在我們有自己的小廚房了（笑）。對呀，我說，謝謝妳陪我認真學習、認真玩。

謝謝這些儘管平凡，也仍讓人難忘。

記憶的珍貴之處——這是我們共同創造的。

-13 / 2023.02.06

最近在看九月要回台灣的機票了。

到英國的第一天是個大晴天，倫敦下午三點多，剛轉暖的五月底。拖著兩個行李箱抵達學校宿舍，我唯一覺得親切的，宿舍的名字是以 Virginia Woolf 命名。說不出成句的英文，連拿到宿舍鑰匙都是因為有其他同學幫忙。

最初幾天時差嚴重，總是凌晨三四點就起床，不知道該做什麼，就把語言學校的教材拿出來看、背背單字。為了讓自己不要有那麼重的漂浮感，總是聽著同一首歌當做定錨，莫文蔚的〈這世界那麼多人〉。時至此刻，聽到這首歌我仍能感覺到那個小套房裡的一切，灰色的地毯、暖烘烘的陽光、放不滿櫃子的個人物品。

時間過得很快，語言學校的撞牆期、適應期、成長期，接下來是正式課程的撞牆期、適應期、成長期。硬著頭皮出門的日子很多，但大抵都不難，因為知道怎麼逼迫自己，起床後就要聽的歌單，第幾首的時候要整裝、第幾首的時候要出發。成人的成長，是可以對付自己（腦袋先冒出了deal with ourselves）。要說享受，不完全，要說寂寞，也不完全，就只是，知道為什麼要這麼做，帶著理由，沒有想要停下來。

這學期開學後很明顯感覺到狀態自在很多，各種寫作課的模式幾乎都是討論和工作坊，老師們幾乎不講課，對話仍然不能時時成句，但是自己的努力表達，也會變成他人願意的努力傾聽。雖然，這不是英文學習營，總是告訴自己，如果只是想要英文變好，就浪費了這趟旅程。破碎的句構拚命地靠近另一個世界的眼睛、耳朵、心靈，這是更重要也是我唯一、應該要做的。

上週二先交了一份初寫的期末小說給小說課老師，週四上詩文課時，詩文課的教授說，昨天（週三）幾個老師聊到妳，因為小說課的老師驚喜地對其他老師說，她是很有實力的學生（原話是She is the real deal.），於是好幾個老師都想看看妳到底寫了什麼。當下還聽半懂，只是露出笑容不斷說謝謝，然後在三度的校園仍裸著雙手幾乎凍得無感地點開手機查這句話的意思，眼窩熱得不可思議。語言的高牆後面，是同一雙眼睛，是不一樣卻又一樣的一群人以藝術和文學在理解、靠近彼此。我那麼渺小，卻又，那麼珍貴。

不知道怎麼半夜突然想寫寫這些，有些應該要回程才要寫的（笑）。一眨眼日子就在倒數，其實開始就是倒數，所有的旅程都是因為一邊開始一邊倒數，我們才因此明白什麼是嘗盡甘苦，都是滋味。

這學期修了小說課和電視劇課，旁聽詩文課。一學期只有十二週，夏季沒有課了，剩下畢業作品。朋友都說我好像已經去了很久，我也覺得，在這裡深刻地明白為何日常會累積成人生，因為日常就是真實，於是我也知道，總有一天這裡的日常會變成遙遠的夢境，但，不，我會提醒自己，這些不是夢境，都是此刻、都是我的真實。

-12

/

2023.02.23.

我記得那個大大的房子，在山的旁邊
人們、熱熱的白飯、冷冷的一月
他們為我們握著幸福
裂縫只出現在舊舊的桌子上

我記得她蒼白的臉，在後院
快回到你的房間、你的家

回到你甜甜的記憶裡
她站在那裡，她掉著眼淚
事實上，他們正為著自己而努力——
一次就好，誰可以阻止坍塌
僅僅是微風就能讓誰倒下
我記得那時候的風和陽光
我記得她的肩膀，我不敢拍

我記得那臺卡車，那個黑夜
我們離開的那一天，從此
我們遇見的每一朵花都有了瑕疵

＊老師要我們以詩的方式寫下有記憶以來記得的第一件事

-11

/

2023.03.09

鬧鐘響了一次我就爬起來了。

雖然在只需要為自己負責的日子裡，何時開始新的一天，都有一種迷霧感。昨天今天，如果沒有作業、標記在日曆上的待辦事項，輕重也變得難以捉摸。幾篇想寫的主題，落在備忘錄的角落，遲遲沒有下筆，一時也翻不出原因。生活裡的沉潛，也是社群裡的沉潛。當人生已經和某處密不可分，它便成為自我的鏡像。沒有要逃脫，只是只是，伸展的筋骨與新鮮的方向，我們我們，憑著相同的記憶度日，也度出了不同的懷念的原因。

原因啊。某天列出了許多什麼什麼的原因——追蹤一個人的原因、下筆的原因、不下筆的原因、渴望的原因、生活的原因、靠近或疏遠的原因。

昨天小說課時，老師問大家心裡對於那句流傳久遠的「寫只有你能寫的東西」的定義是什麼。同學們說著是口吻、是認同、是習慣、是經歷，我說是原因，我下筆的原因，會成為只有我能寫的作品。我才意識到這對我而言有多麼重要，而其實，我早就持續地在探索、探問，我為什麼而寫，只是不急著給自己答案，所以現在也沒有答案。只有每一次，想寫時，才浮現一閃即逝的原因——我覺得這件事是重要的、悲傷的、快樂的、我想記下來的。在這些書寫裡，也養出了一個看似動態但其實幾乎靜止呼吸的迴圈，是慣性讓自己安逸與窒息，離開了氧氣來源，未知亦同樣讓人不安。但可能，事實上，真正的難捱是逐漸遠觀自己的過程。

書寫的日子以及沒有書寫的日子，逐漸地也出現能夠辨別的分野。曾經我也活得那麼用力，無悔的稜角明明一次次刮傷理想，理想卻必得從足夠的力道中習得。這陣子，偶爾會想起住在頂樓加蓋那一年的日子，擁有的東西實在太少了，卻又已經那麼多了。人生似乎就是不斷地與自己交換，此刻擁有的，都是那時候沒有的，此刻沒有的，那時候都握在手中。也有些放不下、捨不得長灰塵的，拎著拎著成為了一塊息肉，只藏在自己的身體裡。

好像在失去，在獲得，在恢復，在道別；也好像在夢中，在霧裡，在老去裡逐漸年輕，在年輕裡逐漸老去。也許沉默並不是沒有想說的話，而是想說的太多，不知道怎麼說、所以戰戰兢兢，又或是，因為清楚文字的、話語的重量，因為知道一個人對另外一個人會有著影響，所以這一次，試圖將沉默交換成適合的姿勢與口吻。

喃喃了一些瑣碎的小事。忽然想起那天從一個較遠的超市走回宿舍，又冷又下著雨，走到一半索性跟阿可走進咖啡廳喝了杯熱茶。看著我們沒有轉進去的巷子，路總是比自己知道的還要多，而人最迷人的地方，就是儘管如此，我們還是要靠自己的雙腳走去，晃一晃、看一看。

-10

/

2023.03.10

你只要回眸一次
就能把我摧毀
但即使一生孤獨
我也想再見你一面

-09 / 2023.03.17

我敲了敲門，大夥兒熱情歡迎。

門裡面是個派對，有我沒喝過的酒、沒吃過的食物、牆上掛著一些我沒看過的藝術品，也許吧，有幾幅我可能有印象，人們的穿著和我沒有差得很多。走進來前，總是被叮嚀，妳一定要去看看、去看看這個世界，妳一定要去體驗、明白生活之外的其他。

在派對裡，我的眼睛時而有著光彩，時而黯淡，其實我控制不來。生活之外的其他，其實還是生活，只是不同面向的我，參與著不同的世界。寂寞在五光十色的對談中竄流，有時候落在沒舔舐乾淨的塑膠叉子上，有時候又跟著記不得牌子和年分的法國紅酒一起被吞進肚子裡。

說錯的話不能收回，一個人看著另一個人努力整裝、嘴角揚著適切的角度，世界因此魔幻，不夠完美、大家都讀得懂的差異，同理或憐憫的目光，人們真正的興趣原來都關於能夠付出和給予的掂量，我要花出的時間、我要獲得的東西。最後終於忍不住的眼淚只是因為一個渺小的挫折就對自己大失所望。越想看遍世界，越看見自己在慾望與企圖中的面孔。而混淆我的，除了慾望，還有那些標的，那些我從某個小山丘上往遠處望時，看不見於是可以無限膨脹的想像。

這間巨大的房子，樓上的房間、無盡的長廊，不只有歡樂的交談聲，也有些暗自觀察的角色。我時而兩者皆是，時而兩者皆非；時而竊喜自己的勇氣，時而想遠遠地逃開。

也有時候，我會悲傷地好奇，一個人是如何真的放掉青春，徒步踩在苦實的生活之上，走進深不見底的成人世界。她會如何享受桌燈前的熱茶、如何感受從前至今的變化——那通常是下雪的時候。

-08
/
2023.03.19

深夜想起生命裡悠遠而溫暖的一段。

十三歲，國中二年級。雖不像現在的孩子能夠時時有著手機網路，但在那個年代，我也尚算是個沉迷網路的孩子，儘管跟現在比起來還差得很遠。我是在網路上認識她的。當時大家會玩奇摩家族，類似論壇、現在臉書社團的東西，總之就是讓有相似背景或共同興趣的人能夠互相認識、有所交流的地方。

她是學妹，我們原本都只出沒在自己班級的家族裡，有點忘了後來怎麼了，我們在一個創作的家族裡遇見，在網路上，我是寫者，她是讀者；在現實生活裡，我們成為了筆友。

第一封信是她開始的，她的字跡工整漂亮，告訴我很高興她遇到了同校的學姊、能夠一起分享創作的種種。老實說，十初歲的小傢伙哪裡懂得什麼創作的種種，更多的是日常生活的分享。她會爬上樓梯到我的班級門口，向同學詢問能否請我出來，然後我會走出去，她將信交給我，我收下後就會回到教室裡；我也會走下樓到她的教室門口，她是個活潑的女孩，總是能一眼就認出我，讓我不需要向陌生的學弟妹搭話。我們真實的交集非常短暫，幾乎不會當面話家常，所有想說的話都在信裡，有時候我們在走廊上遇到，也是淺淺地點頭微笑而已。

她大概懂我的木訥內向，我也真心喜歡著她的活潑可愛。因為她，我也認識了另外一個活潑可愛的學妹，她們總是、總是，笑聲爽朗地和我打招呼，在球場、在走廊、在學生餐廳。這樣一來一往的信件雖然不定期，卻也默默地維持了兩年，一週左右至少會寫出一封信。

記得在我要考基測前（那時候還是基本學力測驗），她們都寫了信給我——學姊，很想告訴妳，盡力就好，但也想告訴妳，我還想當妳的學妹，加油！在那些時候，她們並不知道我們的差距，她們是那種月考完後會上臺被表揚的校排前五名的同學，而我是成績中後段的學生。當然，如果現在的我能夠跟當時的我對話，我會告訴她，不要以成績來衡量情誼。但當時的我怎麼會懂呢。她們的鼓勵這麼動人，卻是越動人、離我越遙遠。

後來我進了私立高中，一年後她們都進了北一女中；再後來我進了私立大學，她們都進了台灣大學。來回的通信在我國中畢業後就逐漸斷了，儘管留下了地址，都再也難以踩上幾段樓梯就見到彼此。在我心裡，更難跨越的是優秀的她們和過於普通的我。

約莫是我大一的時候，她們高中畢業的暑假，我們三個相約見了一次，去逛了士林夜市，聊了一些我現在完全忘記的東西。再後來，當我們在各自的生活裡奮力前進，青春已經遠遠地被拋在後頭。

十九歲末，因為父親和母親決定分開，在整理房子時我再次看到那一大盒曾經小心翼翼收起來的信，都是她寫給我的，至今仍放在母親的家裡。我寫給她的話，我幾乎都忘記了，但是都在那時候的她那裡了。那是我生命裡困難的一段，儘管現在看來那些困難小如芝麻，但在當時，太多的挫折，人際、成績、自我，是她的一封一封信成為我建築自己的世界之初，平實溫熱的陪伴。

想想竟然已是十七年前的事了。那些遺落在人生轉角的碎片，有時候割傷想要指認未來的手指，有時候又映出了自己曾經有過的面孔，而有時候，就只是在回頭望的時候看見那時候的日子一直都閃閃發光。她是我生命中截至目前為止唯一一個筆友，真的是一支筆、一張紙、一盞燈，週末時不時會請母親帶我去書局買信紙，左選右選，這些珍貴的心意，還好都安穩地在我們珍貴的日子裡一一地傳達給對方了。

真是突然地想念呀（笑），希望她、她們一切都好。

-07

/

2023.04.04

看到台灣書市的折扣戰與信義誠品的熄燈。

這些年，是這個產業保護著我創作的純粹，我一個人當然難以保護這個產業，但我想盡可能再更珍惜它一點。

我會繼續、再多寫一本書，如果有一天書消失了，我也會繼續、再多寫一個故事。我就是，捨不得。在這裡，讀者與作者一樣重要，我們能不能再多愛、再多愛一本書。

-06

/

2023.04.11

過剩如何改變一個人的心靈。

有些東西，並不真的需要；有些關係，並不真的需要；有些讚美和關注，也並不真的需要。花太多與此周旋，渴望換得更多標籤，快要看不見本來的面目，養成的思考慣性也難以卸下，於是更拚命從社會裡習得安全感，跟上潮流時暗自慶幸，稍有差池時迷惘又氣餒。

想到前幾天在新故事裡寫的這段，想要更多、超過所能想像的，想要站在可以俯視的地方，想要知道自己在人群中是否閃閃發光，也許都是一種過剩的癮頭。

「她為什麼想要處處都做個好人？」

「她不是想要當一個好人，她想要被愛。」

以為「本來」或「最初」正被一一覆蓋或遮蔽，事實上，我們的面孔因為自己做出的選擇而更加清楚著，以為越來越深藏，其實越來越淺顯，在時間裡一切都有了眉目——You are what you choose.

-05

/

2023.04.17

「我愛妳八分、愛自己九分。」

「剩下的一分和兩分呢？」

「那是愛的規矩。」

剛剛聽到路人的對話，如此可愛（先撇下逃避話題的可能）。

-04

/

2023.04.29

1

那天在昏暗的咖啡廳裡見到想念的人，有點忐忑和興奮，怕哪裡改變了會讓對方感到陌生，又怕沒有改變會讓對方失望——好像必須要有某些鮮明的成長遙遠的旅程才算數。也許這只是對成長的理解誤區。

聊起未來將會重疊的日子，就覺得原來在沒有面對面的日子裡，仍背靠著背，仰著信任的軸心。我所見的也許難以一一明說，也許為了能夠待在某一條路上我需要捨下更多，已經不只是需要努力而已。這造成了某種隱隱的恐慌，卻也摸到了少去觸碰的企圖的稜角。

2

在時間的暗處匍匐，失去了一些、得到了一些，最終我成為生活的血肉，生活亦成為我的血肉。

我是在那裡遇見、離開你的。從此每當經過，就會想起你、想起那一天。記憶和時間焊接成一個強韌的點，儘管後來鏽跡斑斑，在那個點上，我也無法和你分割。

以前不知道如何才算是沉浸於當下，於是把最多的真摯和濃情放在道別。現在的道別則是清淺，因為已經盡力將自己遞出在每個當下。

雖然他說，太淡的道別看起來像是因為不夠深情而不夠難過。其實這令人更難過，我沒有這麼說，只說了，親愛的，再見是可以練習的。

3

我沿著人龍，以為人們個個是從人海裡走來的，其實都是從自己的記憶深處生長、成為。

我未能理解的、未能抵達的，有些是途經的風景而我因為有著目的地而決定不逗留、不探究，有些則是，在太遠的地方，遠遠地超過了我的遠方，願望和空氣一樣稀薄，此生也許沒有向那探頭的緣分。

4

生活的前提似乎，必須理解生活與旅途之別，或相似之處。從前看生活，有種綿延的無限感，而旅途有限，如此才能意識，其實生活也是處處有限。

陪伴著走過的每一段、每一刻，儘管已經成為永恆也難免在意識到所有都有限時單薄了起來。最後能做的就是，再多想念一點、再多一點。因為有一天，怕會忘了要想念——當已經太懂得說再見。

-03

/

2023.06.11

不知道自己怎麼能這麼幸福，被這麼多人捧在手心裡愛著。

前幾天跟雅青在倫敦碰面，雅青是三采的總編輯長。我其實已經忘了我們第一次見面的場景，只記得從我有印象以來，她就是那麼溫暖真誠地對我說話、微笑、擁抱。她跟我說過最多的話是，西，妳就快樂地去寫就好，儘管是不快樂的事，妳也自在地去寫就好。真的，無論這些年我遇到了什麼，無論當我越觸碰到創作的商業面而感到矛盾，她總是堅定地這麼告訴我。

有一次我問我的經紀人Spring，雅青工作這麼多年，為什麼能一直保持熱情呀。Spring說，最初也許是熱情沒錯，後來對雅青來說，可能更多的是責任。我永遠不會忘記，那時候我們正走在三采的走廊上，我要準備搭電梯離開，我不會忘記這一刻，我在心裡想著，我也要成為不只是有熱情、更有責任的人。我相信她的意思是不只是單純的責任感，而是對一件事情的信念足夠堅定，而決定自己要以最大的力量去履行，的那種責任。

我離開台灣前她給了我三包茶葉（現在全都喝完了），這次雅青從台灣出發前又問我，有沒有要幫我帶什麼，我說不用沒關係。結果她還帶了沙茶醬、維力炸醬、肉鬆、統一肉燥麵還有麻油雞麵。昨天在煮麻油雞麵時，整個小小的廚房充斥麻油的味道，我莫名地就紅了眼眶。為什麼為什麼，常常細數，為什麼我是個能感受到這麼多愛的人呢，為什麼這些人都這麼願意在我身邊留下呢，我明明、這麼平凡這麼渺小。

後來想想，也許所有的愛都是平凡又渺小的，但當我們彼此珍惜時，它就變得無比強大。

我們東南西北聊了好多東西，感覺還沒聊完，時間就過去了。那天的倫敦似乎是春天的最後一天，艷陽下仍吹著有涼意的微風，隔天英國南部的倫敦和坎特伯雷直接飆升到近三十度，好像趕在最好的時候遇見對方，才發現其實也不用趕，遇到彼此的每個時候，都是最好的時候。

-02 / 2023.06.15

每次開口，都是一封信。
若讀到艱深難懂的段落，大概是因為我在想你。

-01 / 2023.06.17

從前是嫩綠色的。

新芽還不知道陽光的位置，不知道土壤的質地，不知道雨水的來歷，甚至不知道彼此原來是完全不同種類的種子。

後來我常常想，真的能忘記各奔東西的那些時刻嗎，多數時候，確實會因為邁向未來的步伐而沒有心思緬懷，以為的遺忘，其實只是沒有去想起，或是不願意。真正想起的時候，希望不是感到後悔的時候。

因為有一天，我們會再也聽不懂對方。時間是路，有時候也是屏障。

我再也不會翻山越嶺去見你。愛沒有消失，只是留在的那個山谷，我已經離開。只是我們已經為想要的生活走上曲折迂迴的旅途，而我們並未在這些努力中碰頭。如果飛鳥能替我捎一句話給你——我恐怕沒有任何想說的。因為你已經聽不懂了。能說的，大概都只是我在安慰自己而已。

從前是嫩綠色的，後來卻不是深綠色或深的其他顏色。後來就只是，包含著嫩綠色的多種顏色。然後我們終於能夠理解，成長就是淹沒在自己所擁有的永恆之中。

特別收錄—極短篇

路在心裡，無人可訪；
沒想到獨有的記憶在獨自回探時，
帶來了巨大的孤獨。

是什麼把他變成一棵樹

他有一棵樹朋友。

從他有印象以來，那棵樹就高聳而筆直地站在那裡。每當他有任何快樂或難關，只要回到這棵樹下，心就會緩下來、變得平靜。樹朋友不會說話，是他對它的依賴建立出了情誼。

慢慢長大後，他開始有能力和體力、有眼界和企圖，他開始會去到遠一點的地方，每當有高亢或低鬱的情緒，他還是會花點時間跑回這棵樹身邊，像小時候一樣依賴著它。

再後來，他跑得太遠了，回來的路途遙遙，他便開始尋找新的、可以給他同樣感覺的樹。他知道這很困難、幾乎不可能，但是回程的成本越來越高，留在不同的、新的樹旁的時間就越來越長。就算沒有任何一棵樹能給他一模一樣的感覺，一點點相似的顏色或氣味都會讓他感到欣慰。

可是落差和想念一樣會累積，當他終於挪出時間和心理空間，想要回去找那棵樹時，他已經找不到路了。路在心裡，無人可訪；沒想到獨有的記憶在獨自回探時帶來了巨大的孤獨。

他於是停下兜兜轉轉的腳步，筆直地站著，然後第一次發現微風是如此公平，無論低頭或抬頭，都會撫過他滄桑的臉龐。他就這麼站著。站著、站著、站著。

一念之間，他決定把自己站成另一棵樹。

夢遊者

每一次醒來，我的手裡都會有一支鬱金香，起初覺得浪漫，後來覺得是一場惡作劇，又過了一段時間後、每一天都仍沒有改變，就變成一場鬧劇，接著變成了習慣。

直到有一天我醒來時，手裡沒有鬱金香了，但是沒有能夠追問或替我解答的對象。我無比恐慌。比第一次發現會一直、幾乎是無限期地擁有新的鬱金香還要恐慌。

不知道該說這是身而為人的可愛之處，還是駑鈍之處，恐慌後來變成新的正常，新的正常後來也像惡作劇、鬧劇，然後變成習慣。

再後來、有一天，鬱金香又出現了。我找不到它出現或消失的規律，只是在一次次、一年年的變換中意識到，手裡握著的終有期限，離開的也會在某些清晨、毫無預警地回來。

我以為只有我是這樣，直到某天半夜，那天不知道為什麼，我就突然醒了，醒來的時候我不在自己的房間裡，而是手拿著一支鬱金香，站在某一個我深愛著的人的床邊，正要把鬱金香放進他的手中。

原來鬱金香是這樣不見的。原來我是某個人、某些人的夢遊者。原來某些人、某個人，是我的夢遊者。

＊此篇來自社群上的限時動態互動遊戲，讀者提供三個關鍵字，我隨意發想創作。此篇讀者提供的關鍵字為：夢遊者、恐慌、鬱金香。

願望軟糖

佳節的時候逛進某條巷子，經過一間禮品店，面窗第一排是熱銷商品，願望軟糖，寫著吃了可以實現任何願望。我推開門走進去，拿起來左看右看，一邊想著怎麼可能，一邊去結帳。

工作太累想要恢復精神的時候，我會吃一顆，從小的願望開始試試它的真實性；找不到停車位的時候，也吃一顆，想買某個東西但錢不夠的時候，再吃一顆。生活漸漸變得無需費力也能舒心。

有一次同事看見軟糖的鐵盒，驚訝地問我，怎麼在吃這個。這個怎麼了嗎，我問。你吃很多了嗎，他反問我。我沒有數欸，我說著就打開盒子，不知不覺竟只剩下三顆。別再吃了，他說，你會後悔喔。會後悔怎麼還會許願，我半信半疑，但也決定暫時停止食用，主要怕見底會發生無法預期的事情。

不吃願望軟糖後，我必須找其他方法提振精神（怎麼有點想不起來沒有吃的時候都怎麼處理自己的精神），或提早出門找停車位，或理財以安排和分辨消費的是我想要還是我需要。我得花上比以前更多的心力和時間，去補上我許了就得願時、滑順而無需編排的日子；按捺不住的時候，會想起我還有三顆。有一次我太想要跳過那個用力忍耐的瞬間，實在沒忍住，再吃了一顆，然後我花了更長的時間才恢復生活秩序和心智彈性。

吃完會怎麼樣嗎，有一天午休時我問同事。你不會想吃完的，他說。什麼意思，我問。你永遠不知道什麼時候會再遇到那間店啊，他說，那種不知道好運何時會再降臨、卻又極度渴望的感覺，沒人知道會把自己推向哪裡，他邊說邊挑了挑眉，當然，也有些人可能從來沒遇過。喔，我以為吃完會遇到魔王或是被詛咒，我笑著說；自以為這是有趣的玩笑，畢竟禮品店不就在那個巷子的轉角。沒有經營日子的意願也是一種詛咒啊，他聳聳肩、淡淡說道，不如多依賴一點生活的粗糙，雖然總是有點辛苦。

是嗎。

下班後我繞了遠路，回到那條巷子。咦，這裡本來不是一間禮品店嗎？我問路人，怎麼才幾週就變成小吃店了。這裡一直都是小吃店啊，哪有禮品店，我住在這裡二十幾年了，他說。

是嗎。

平靜是因為認清並甘心，生活有時幸，有時傷。

國家圖書館出版品預行編目資料

有時幸，有時傷 / 張西作 . -- 臺北市 : 三采文化股份有限公司 , 2024.12
面； 公分 . -- (愛寫 ; 62)
ISBN 978-626-358-553-9(平裝)

863.55 113017246

愛寫 62

有時幸，有時傷

作者｜張西 封面繪圖｜張西
編輯二部 總編輯｜鄭微宣 責任編輯｜鄭微宣
美術主編｜藍秀婷 封面設計｜Claire Wei
版型設計｜Claire Wei 內頁編排｜Claire Wei
專案協理｜張育珊 行銷企劃專員｜許羽沛

發行人｜張輝明 總編輯長｜曾雅青 發行所｜三采文化股份有限公司
地址｜台北市內湖區瑞光路 513 巷 33 號 8 樓
傳訊｜TEL:(02) 8797-1234 FAX:(02) 8797-1688 網址｜www.suncolor.com.tw
郵政劃撥｜帳號：14319060 戶名：三采文化股份有限公司
本版發行｜2024 年 12 月 27 日 定價｜NT$420

著作權所有，本圖文非經同意不得轉載。如發現書頁有裝訂錯誤或污損事情，請寄至本公司調換。 All rights reserved.
本書所刊載之商品文字或圖片僅為說明輔助之用，非做為商標之使用，原商品商標之智慧財產權為原權利人所有。

有時幸，

有時傷

有時幸，

有時傷